渡辺卓郎 解題

一茶自筆句集『だん袋』

汲古書院

一茶自筆句集『だん袋』目次

凡例

『だん袋』の影印にあたっては左の要領によった。

一、本影印は、小林一茶自筆の稿本（所蔵者は奥付に記す）を、ほぼ原寸にて収録したものである。

一、原本は、折帖様の台紙に一茶直筆の料紙が貼り込まれる体裁になっている。このため本書では、影印では分かりにくい紙の切れ目を（第1紙）〜のように天に注記した。

一、句稿の丁数は示されていないが仮に付し、柱に、その丁数を数字、その表・裏をオ・ウで示した。

一、本書の製作には早稲田大学教授　雲英末雄先生の編集協力を得た。

一茶自筆句集『だん袋』

だん袋（1オ）

亀井戸天満宮
烏帽子その/\土ようや梅の第一葉
小庭の菊と桜と雪解
䑛子を捨て引載一条
子るのひらて木履
遊ひやそふ

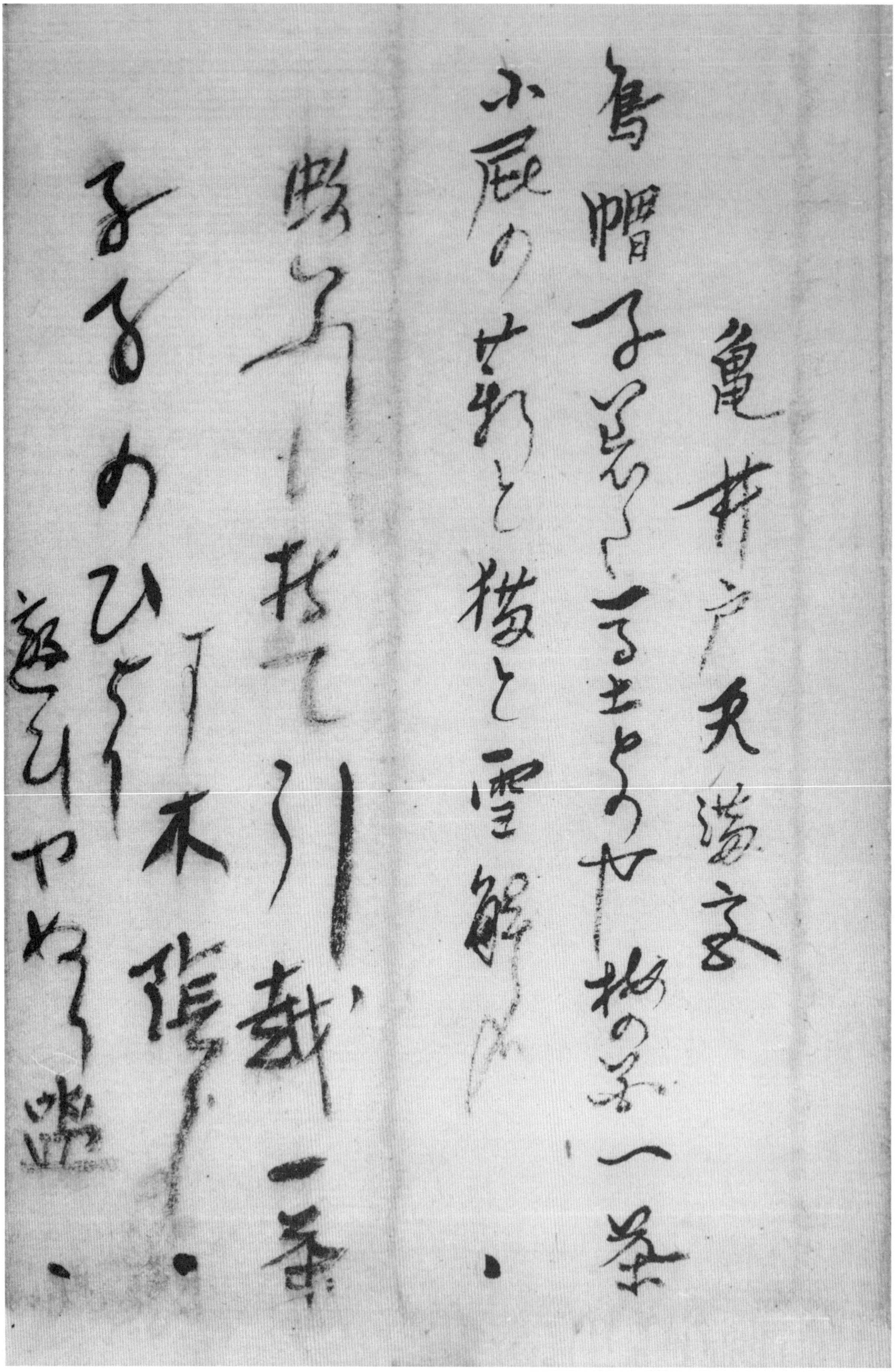

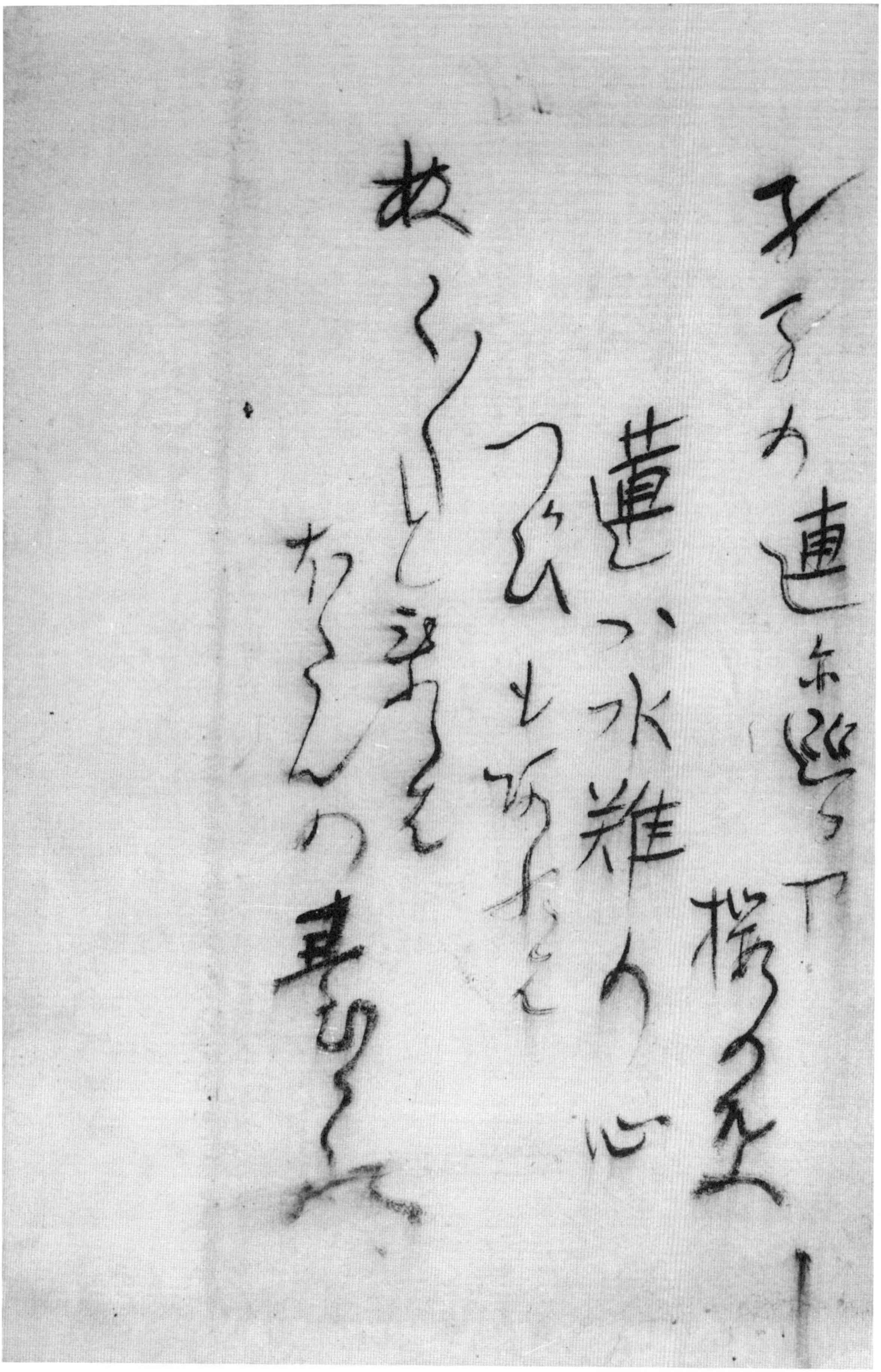

東慶

　鶯やまぶく／\と雛の声

　　　　新保村寺嘉□

ちる花や市か袖の裾ても

ぼさつ

　　　田中吉里の昼の猫

　梅へよ陽の香よが
　　　　　三ケの月

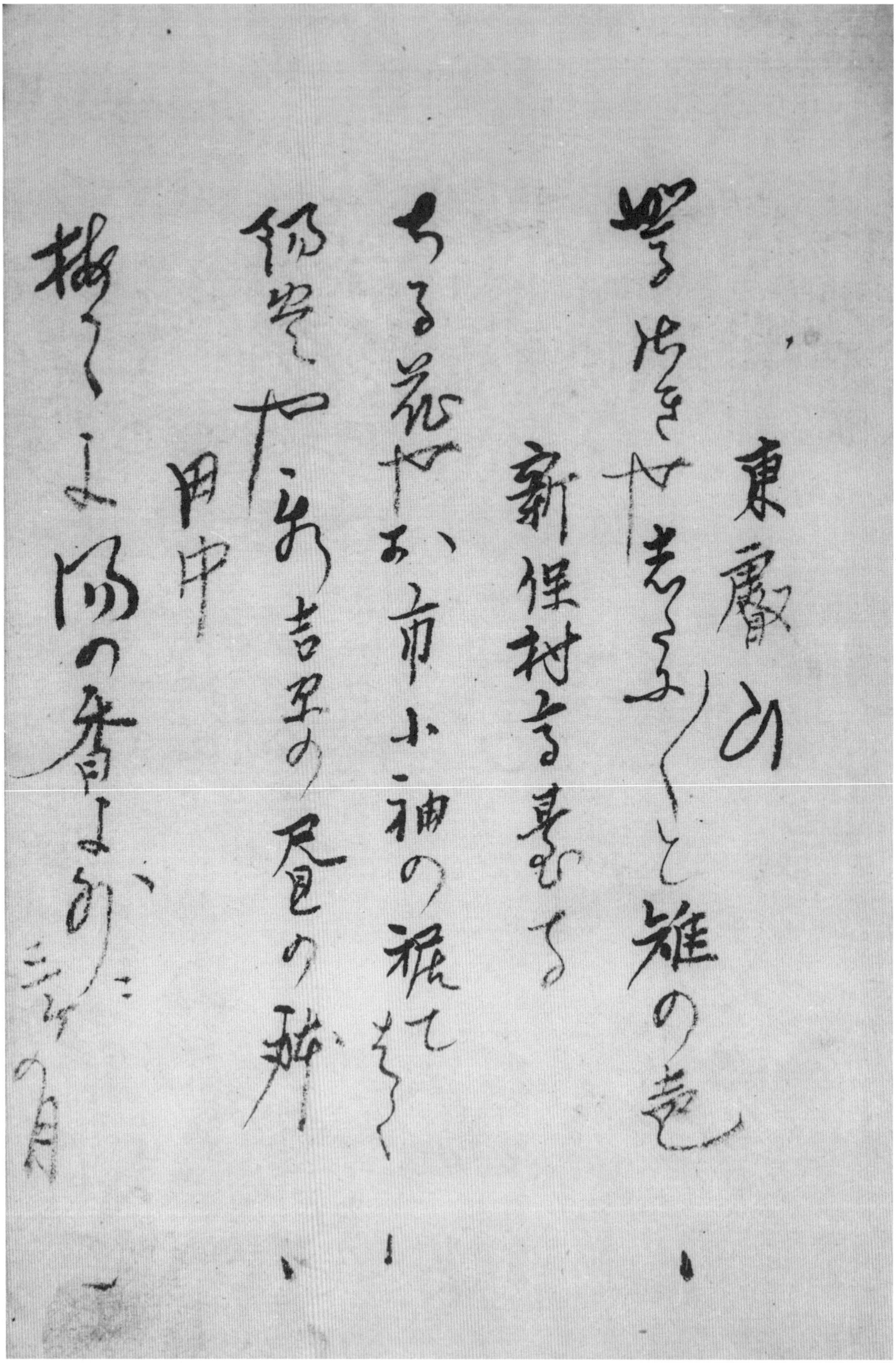

（第５紙）　　（第４紙）

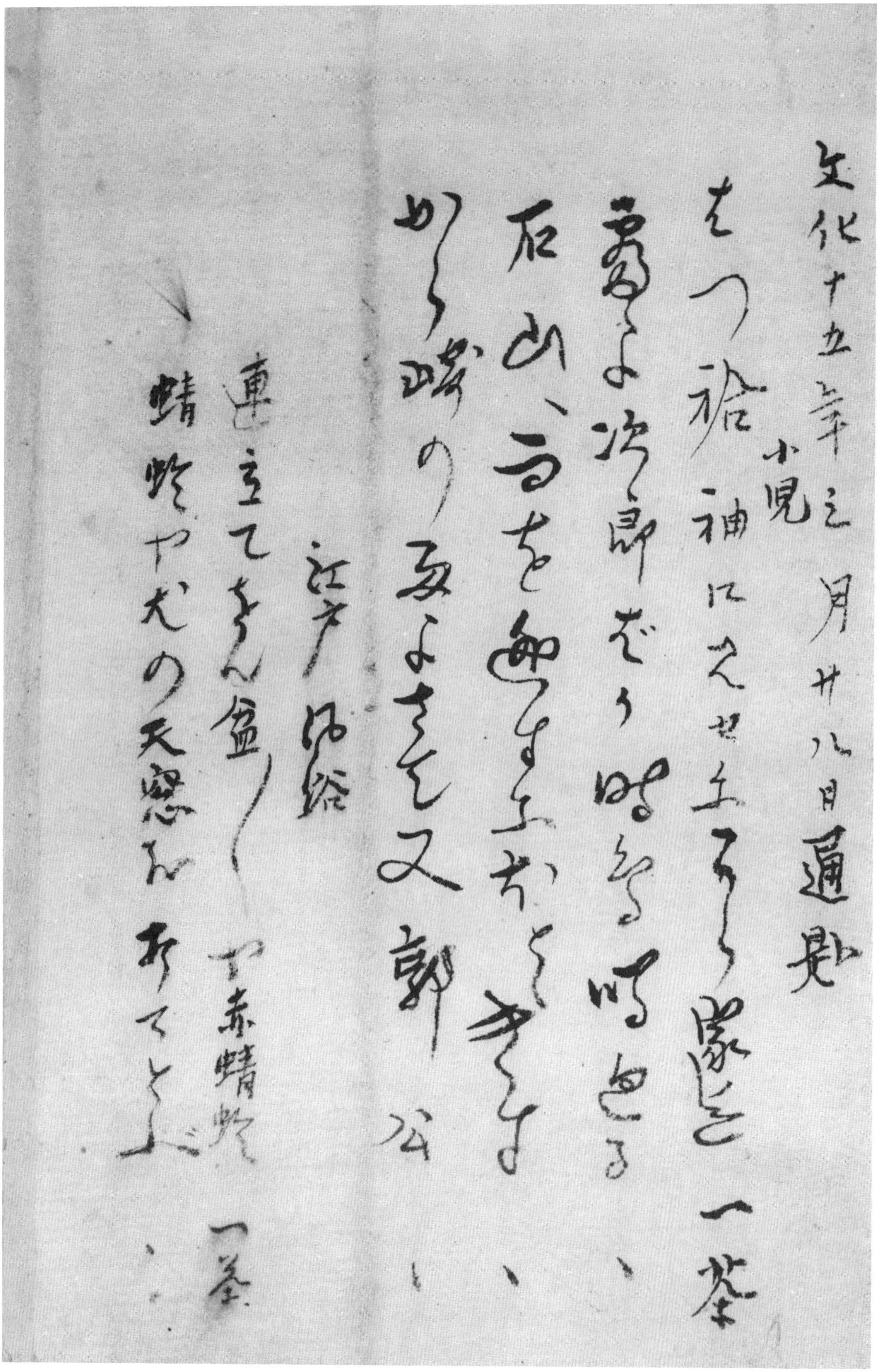
文化十五年七月廿八日通題
七つ袷 小児
石山の月を
連立てちん盆
やゝ赤蜻蛉　一茶
蜻蛉や犬の天窓を打てとふ

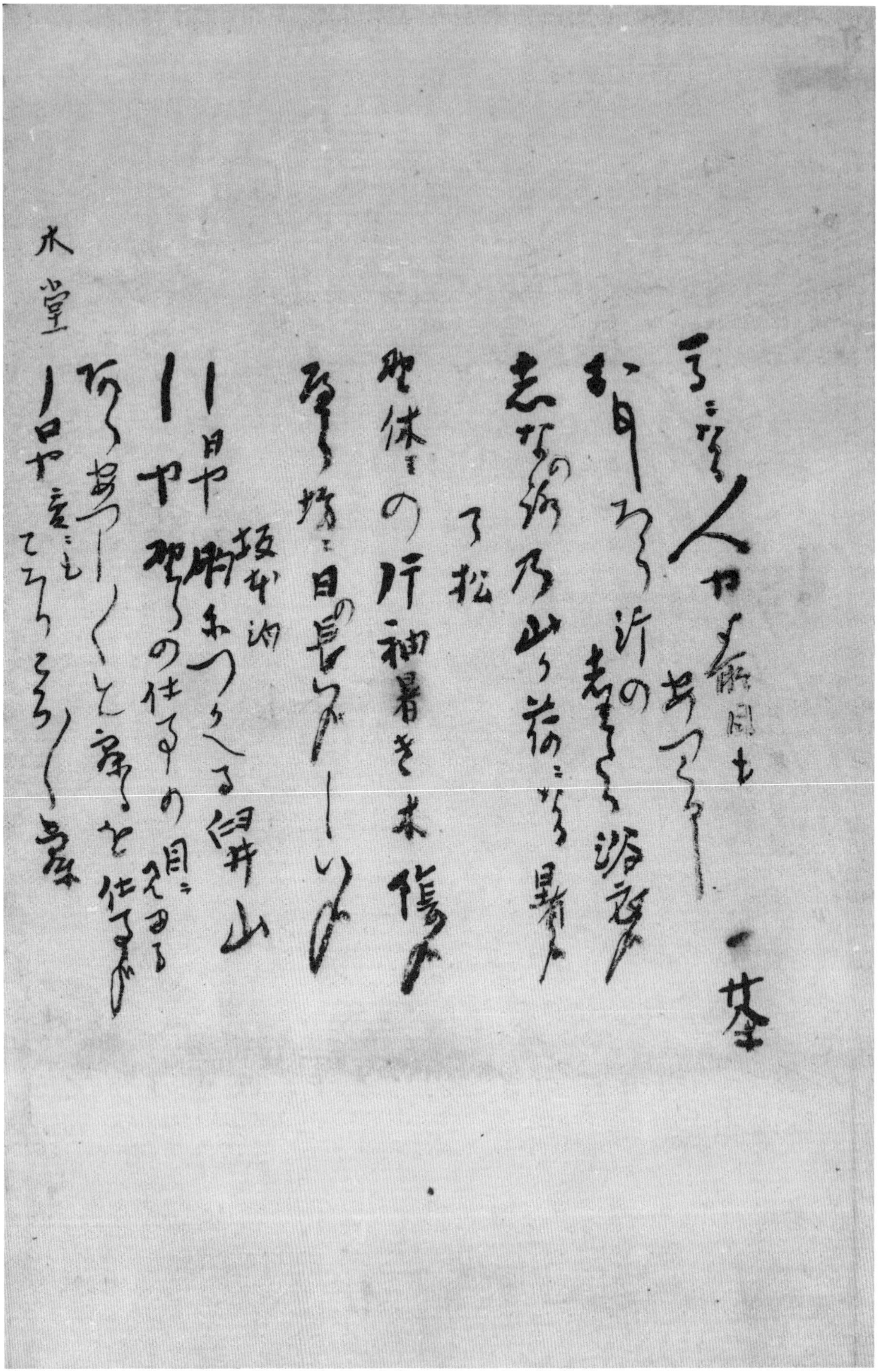

弓晴

十五夜ハいつも帯をしめて月よ

旅の夢ゝにぬれし露
とまりて

えすきな辻角力さく
ひいき

音角力あらし蛙も壺上り

やさしさや意語に迷ふ土山鹿

春日野ハ神も雨しや
しゝの恋

文政二年八月九日　飢饉良夜　二句

人数ハ月もそゞ、欽作一茶

人の世ハ月もなやませうひらゝ

菴の夜の話ひうけんの夜ぞ
まうくと大名結のきぬ
連年もく無てるゞ父笠年

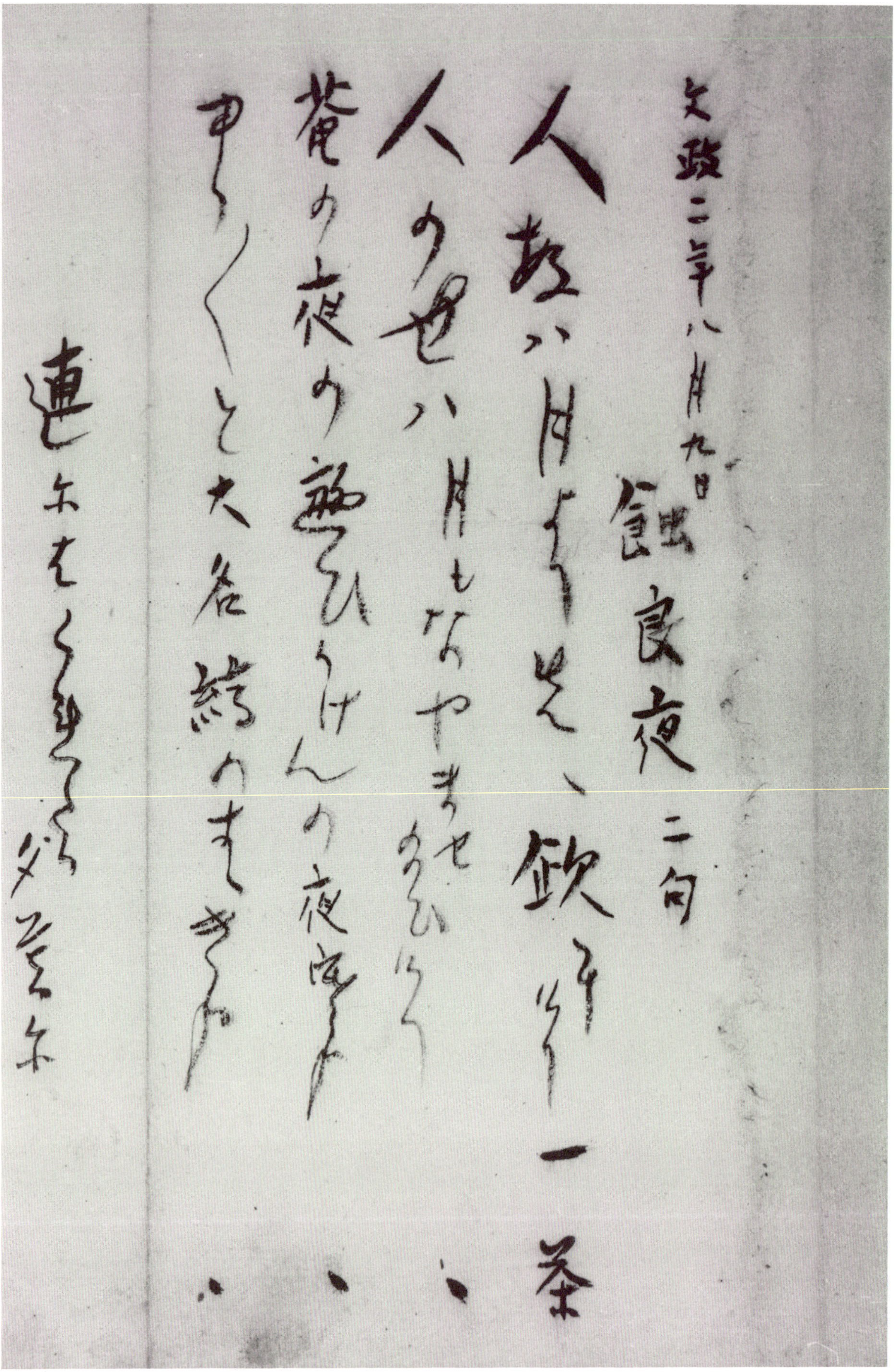

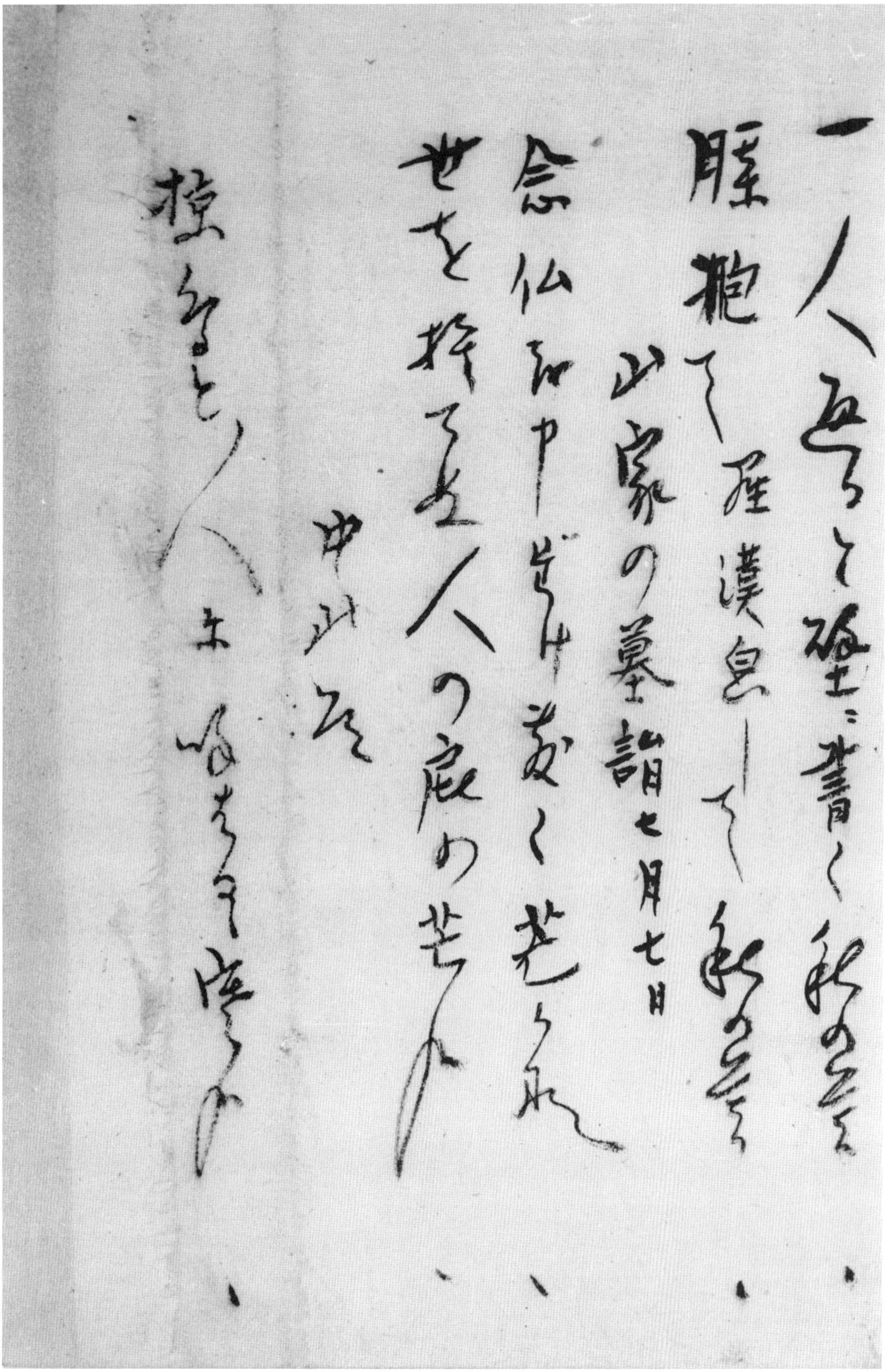

（第10紙）　　　　　　　　（第9紙）

文政六月廿日

我猫が蚤とも嚙んでまたにげり　一茶

寝むしろや鼠が蚤の婦ゝ許

猫の蚤てすりおとすや菓へ

人並も暑も蚤るや門の月　一茶

老の身は暑の蚤るも苦しや

一夜やつの行つきもなかな

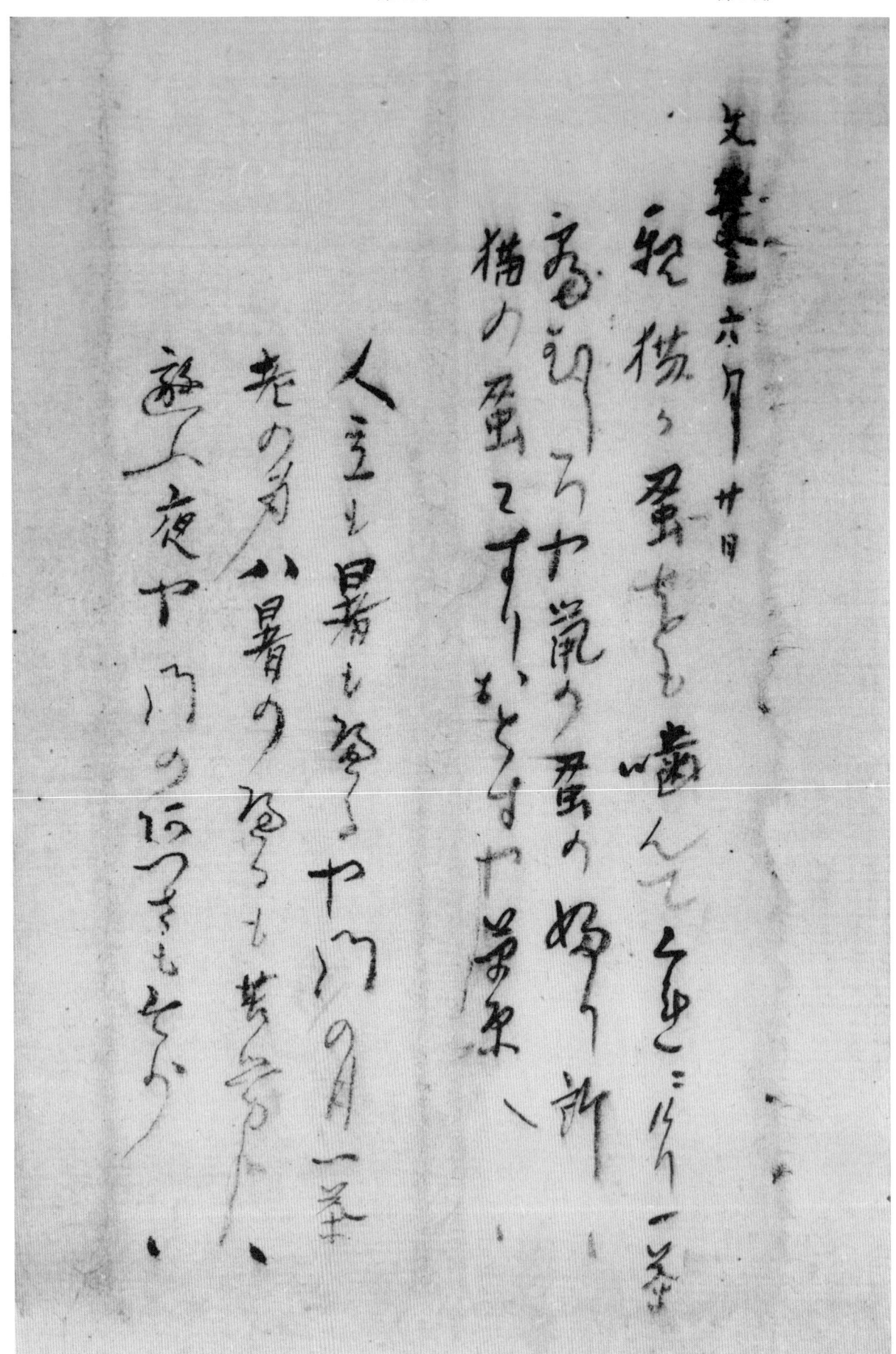

（第12紙）　　　　（第11紙）

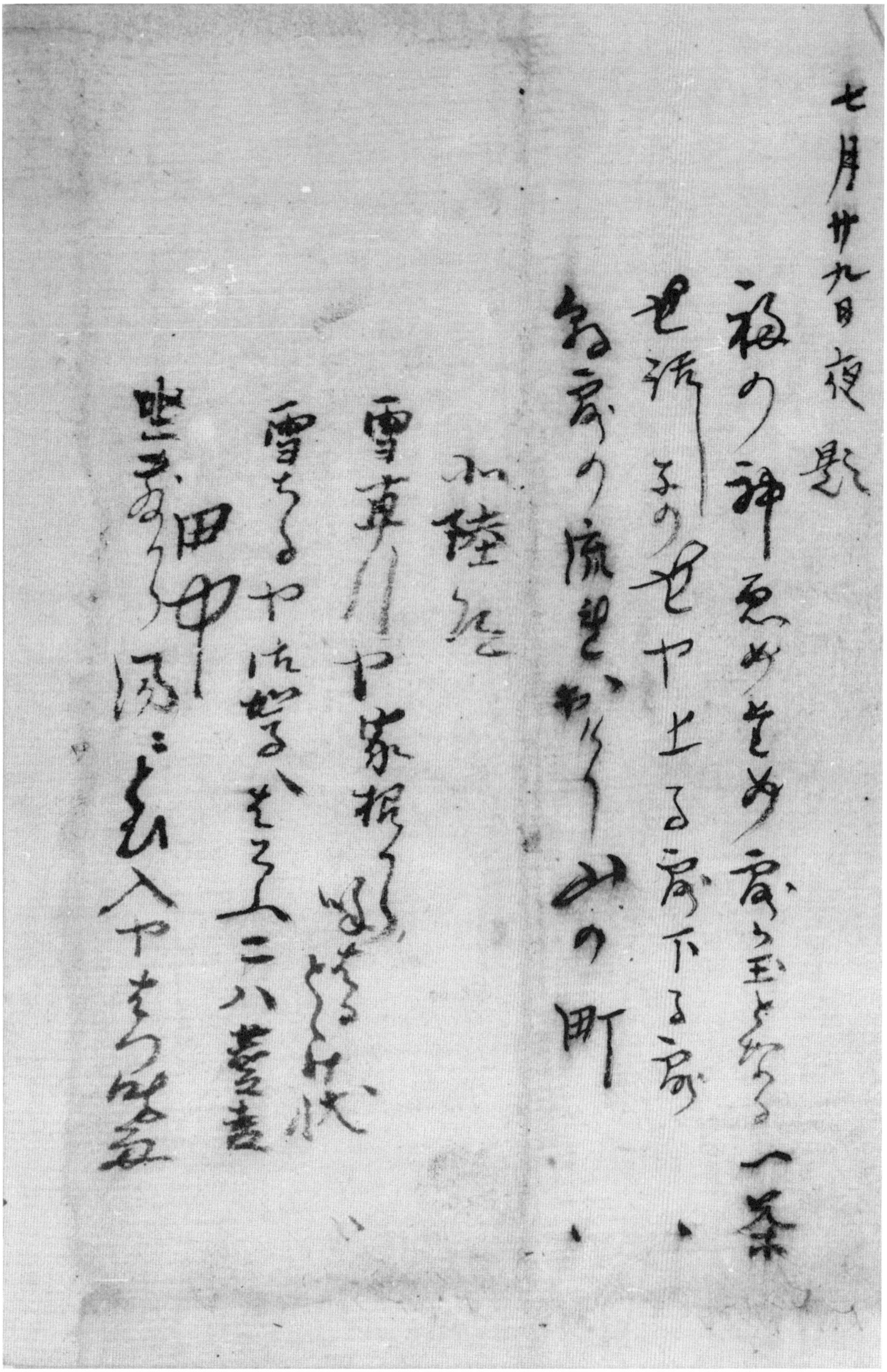

文亀三八月三日夜
虫も祢ぬるや作者ぞ鳴神
長そう蠅よ蚤蚊よ分貝を制
蚊よいまそかりをさし江戸の綱

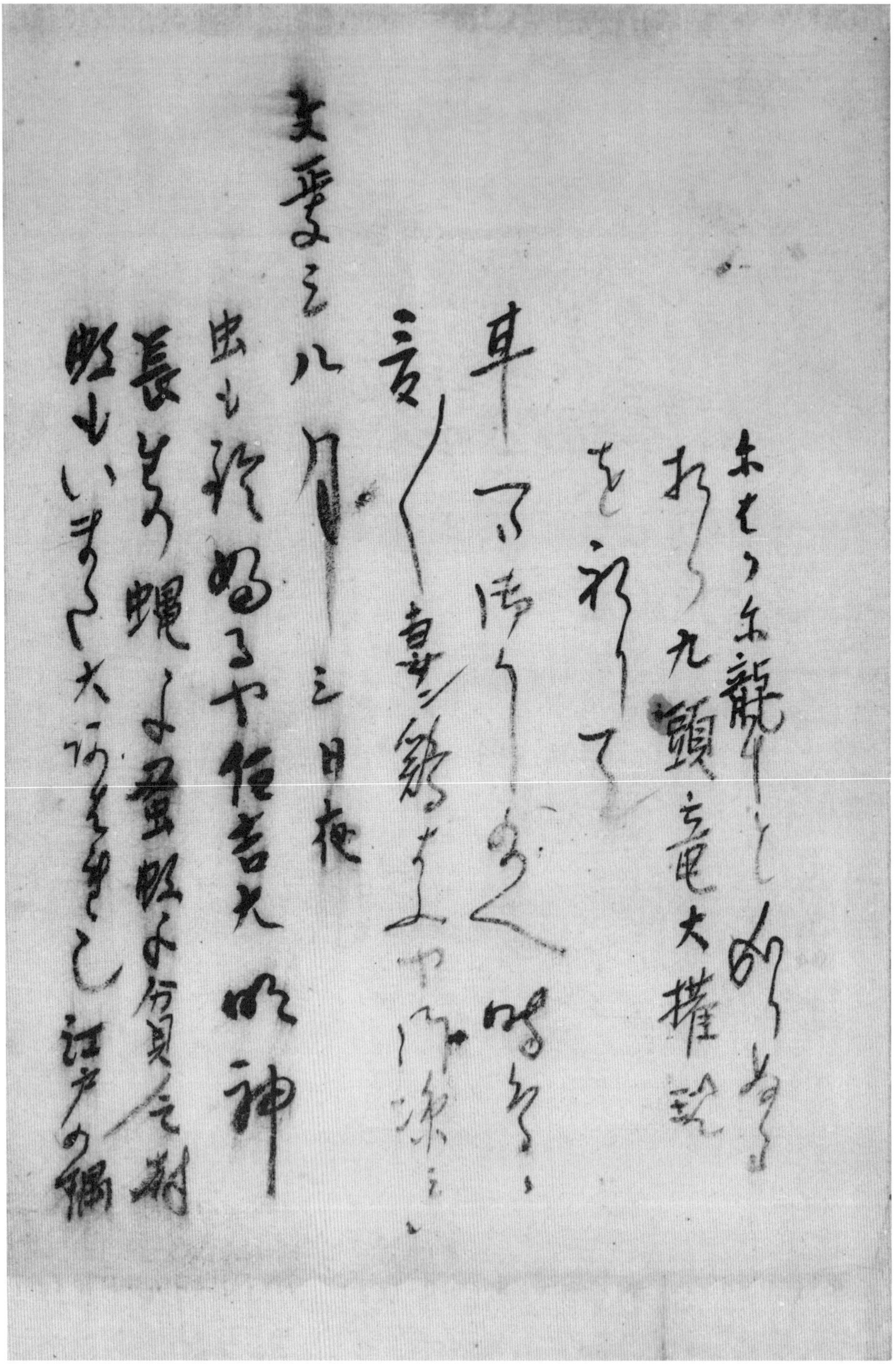

（第14紙）

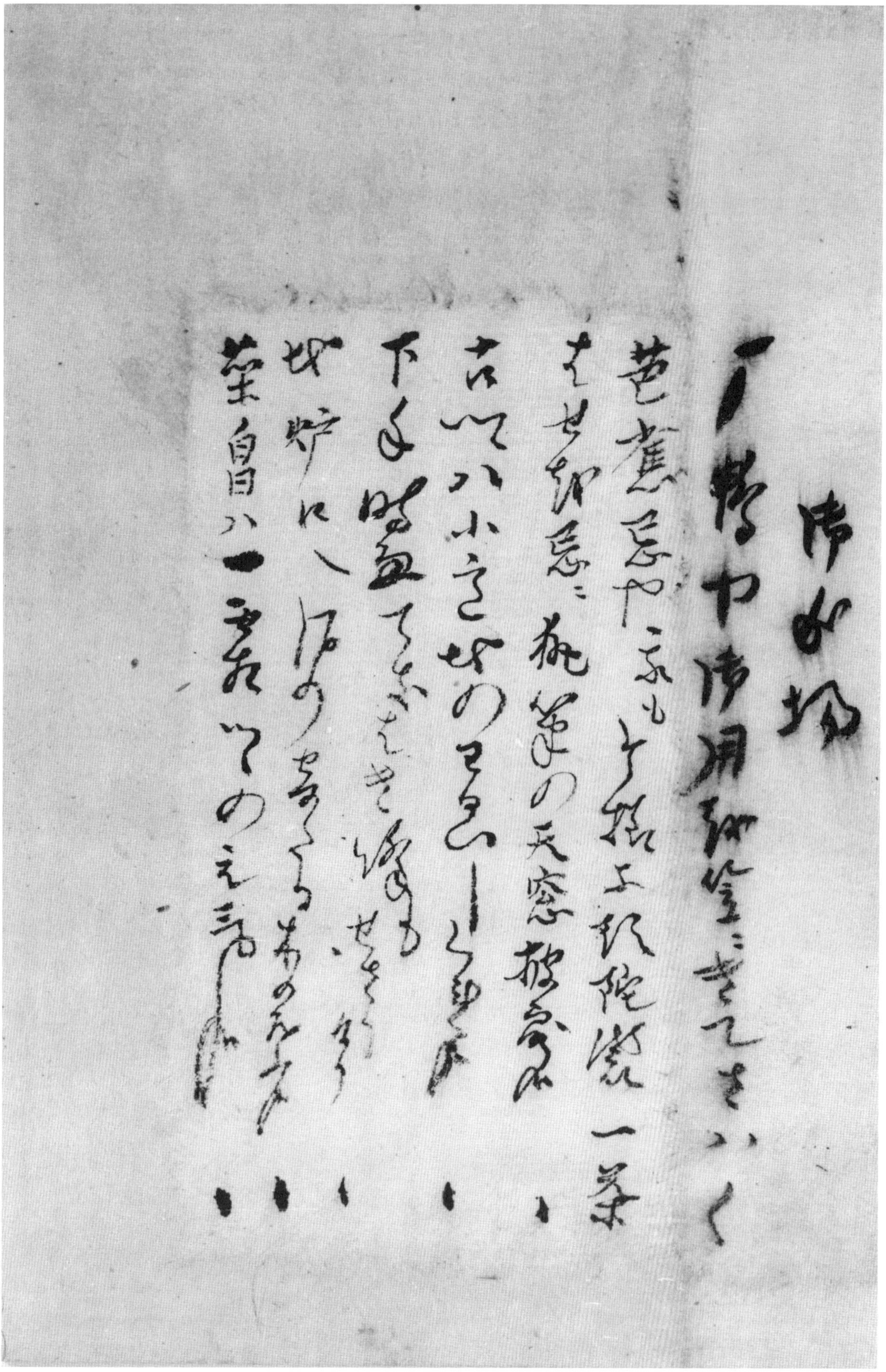

だん袋（7オ）

山下の町々下る夜もすから
蓮王花如得病医
花さかる柏はら志やくし
墨坂おもりぞすく
ものたまなる度野の
空屋にて
鳴くなるーハ男子れいおもしろ

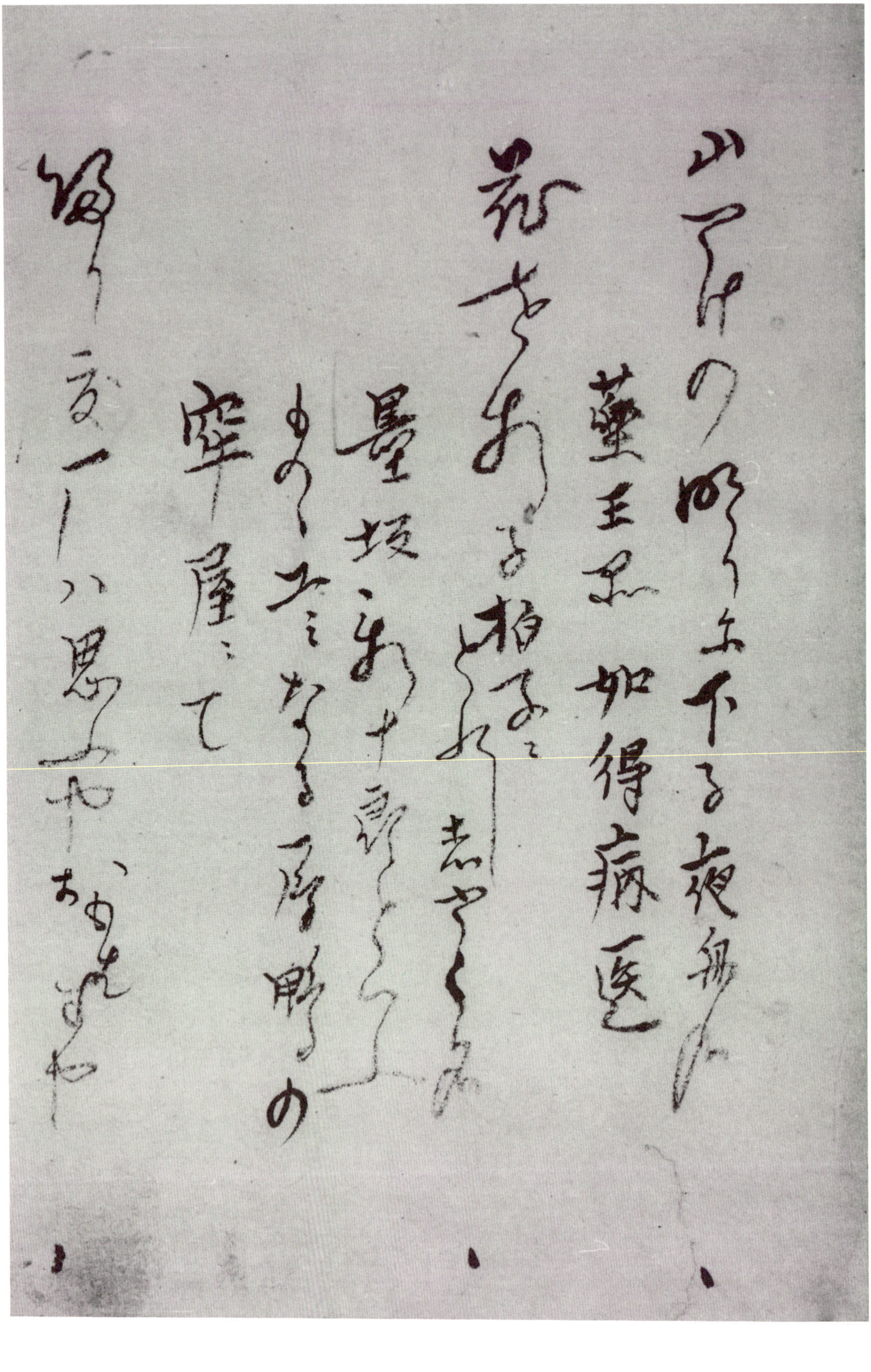

善光寺御堂

開帳に参工や鶉もおやすみ連

やつかれも子に二夜まで〱鶉

村中にきけんと〱て蚤くれ

刈萱堂

子の世ハ仏の身さへおやすみ

茶さくや伴蓮にくるし〱売せる

だん袋（8オ）

壬正月廿八日
申月と知て風のやハらか
に遊ひさく彼岸乱舞
吹く毎に蝶や雀のとまり遠り
いたるや恋の軽井沢

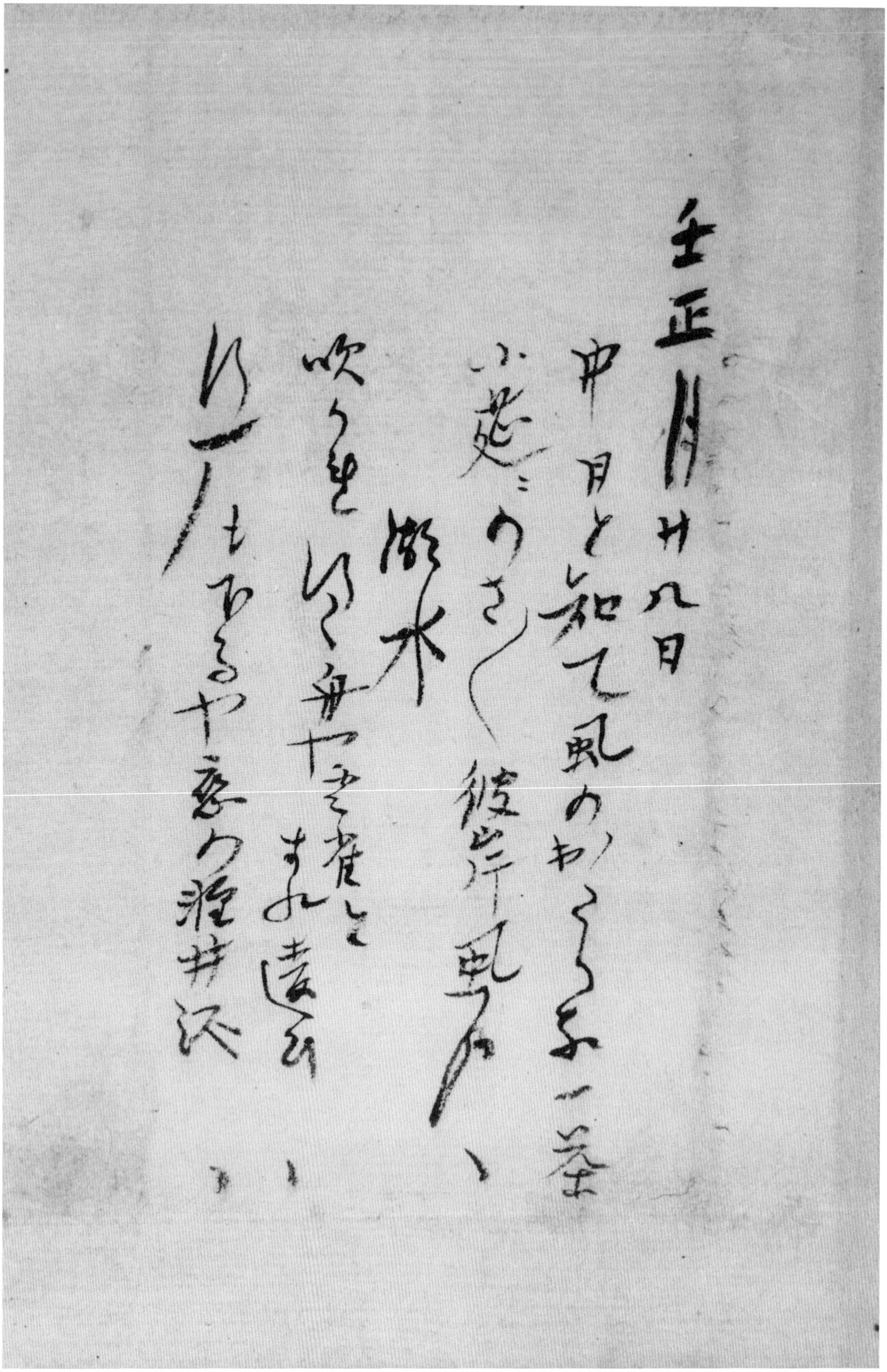

（第17紙）

寒いのにまく寝ころぶそろの山　一茶
山寺の鳩まてさへをの夜寒かな、、
まて空のきぬいろて夜寒かな、、
虫のおりにも鐘を十萩の家、、
鳴く虫もまつて残れる一題し、、
菊月七日かり山白く
へ中まくも
菊咲くや山は年ニ雪の花
旅人に萩ニおるゝとも
――稲髪

（第18紙）

中河原

文政六年二月十二日

雪ちる力ひき様に流の見るか

白畑や遊ても来る

枝見て折て使ふや聖堂畠

半里の道く畠に折もけり

二流し越て田を折ひとし

御堂の隅にしまし、小下る

笹庵の茶蝶ならやむ目つきし

菓子盆の足下に所、小下る

浅黄蝶なきき双巾のせこけり

浮世とてゝも蝶よ洒よされ
吉原も目花

こちらも正月とさらしゝ木
若の婆婆や花も開もひらく也
歳中もなほも口も唾へつき稚へ一茶
若起しもねもしろく
二月十五日
　　　　涅槃会

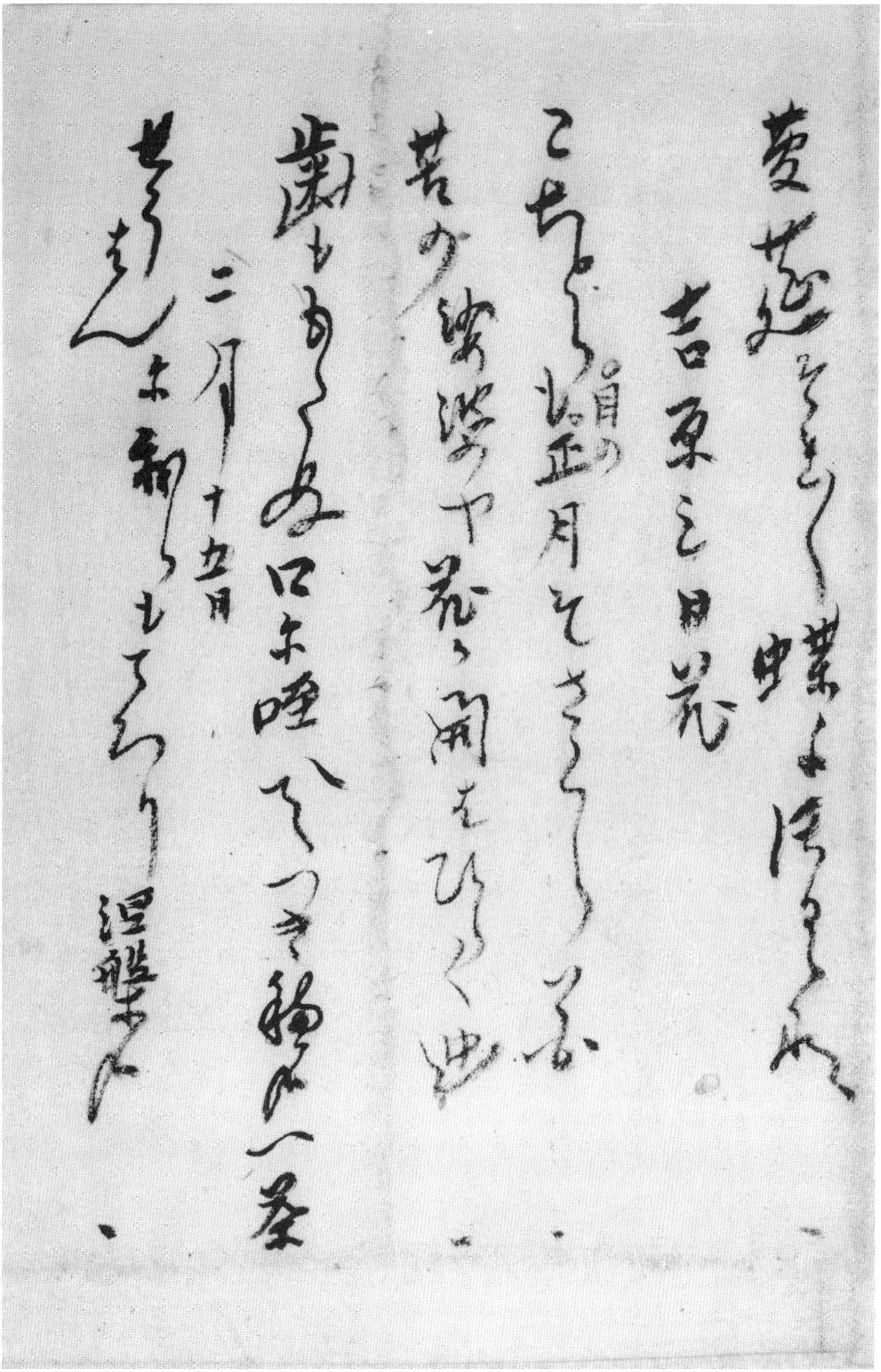

将棋や独りつゞけとく茶釜哉

｜や自慢とや若と女棋隣

くゞる茶こぼへ小蜘の掃除か

五条

まゐ茄子言役ありてとめ〃つ

冬籠くんめ下戸より盆踊

中庵無評人

峠五八天つゝ出用そろへ

漆んと輪ゝく　下多毛虫

（第22紙）

涼風ハ虫さへ白毛たまハレ
少なくも暑い日ハ吹嵐なり
次路汁や木の下又ハ石の上
田の人の日除になるや空の雲
文政六未七月七日
七夕や此ミも目おちる猫のゑ　一茶
かくれ家や窓も吹たる庵
勝角力虫も跳ますかとろ　行
若け仲間寄て葉んきる角力かな

残菊ハ大名ニ流れてけり　一茶

白菊のさらしきや庭ニ咲く

いつ迄も花の都ハわらハ子ヘ

鶏鳴も鳴ずまう格子窓ヘ

山里の豆蔵かけしわす哉ヘ

田ゝ田ハ去ル一丈宝や十夜遊ヘ

志なのゝ帰り

京辺や只四五反の大根畑

かなしさや十夜くつろぎの宵

雪ちるや在所の咲や出のかくし

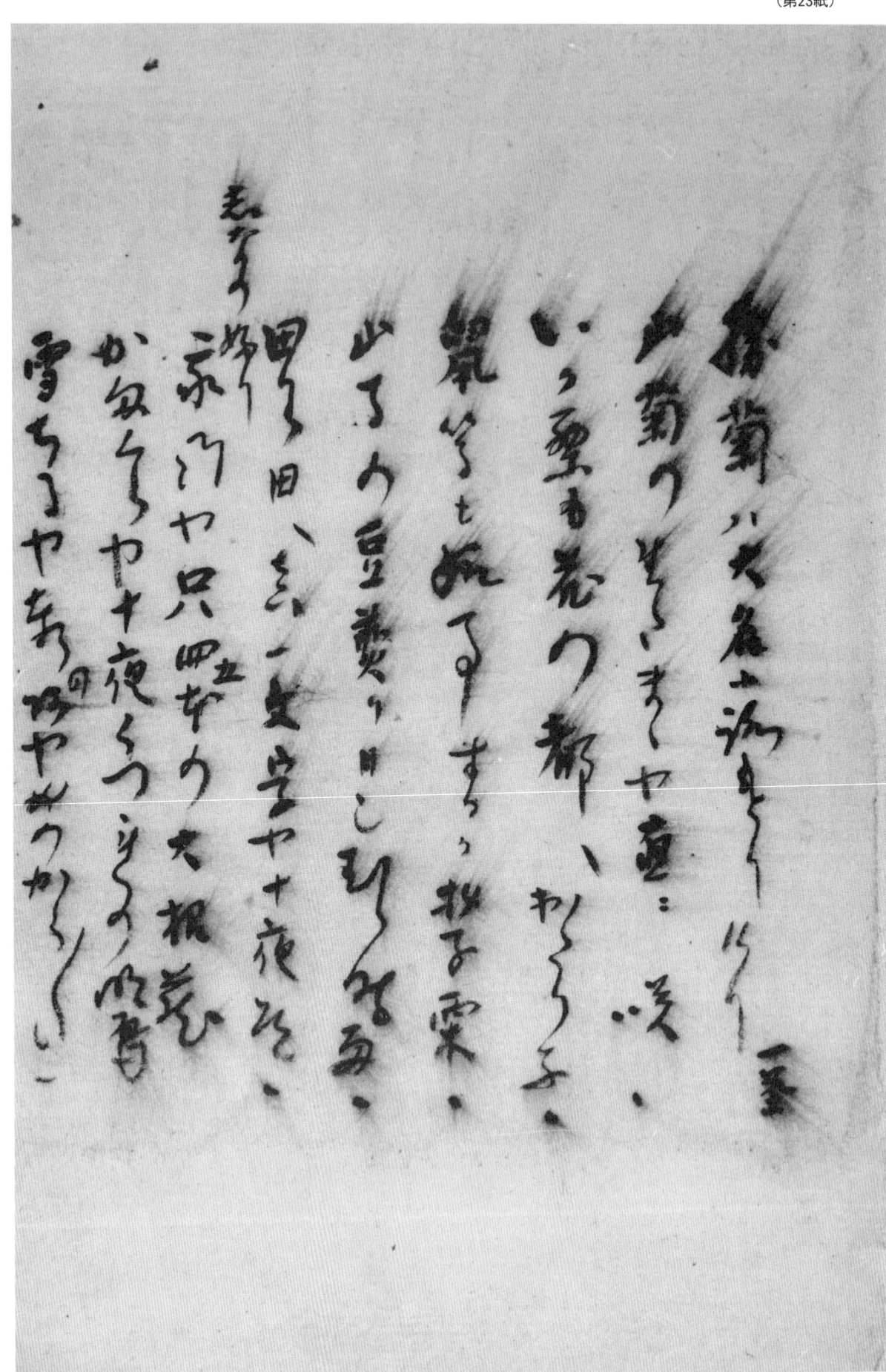

もつ雪や一ゥ室の古屏風・
こ二なと後や主
なをまとく
芭蕉葉や夷
帆もみんな
松の月、
鳥市の大入木
さとる霰かな、
花も綿
綿きせて十稼のはし蘭の花

（第25紙）　（第24紙）

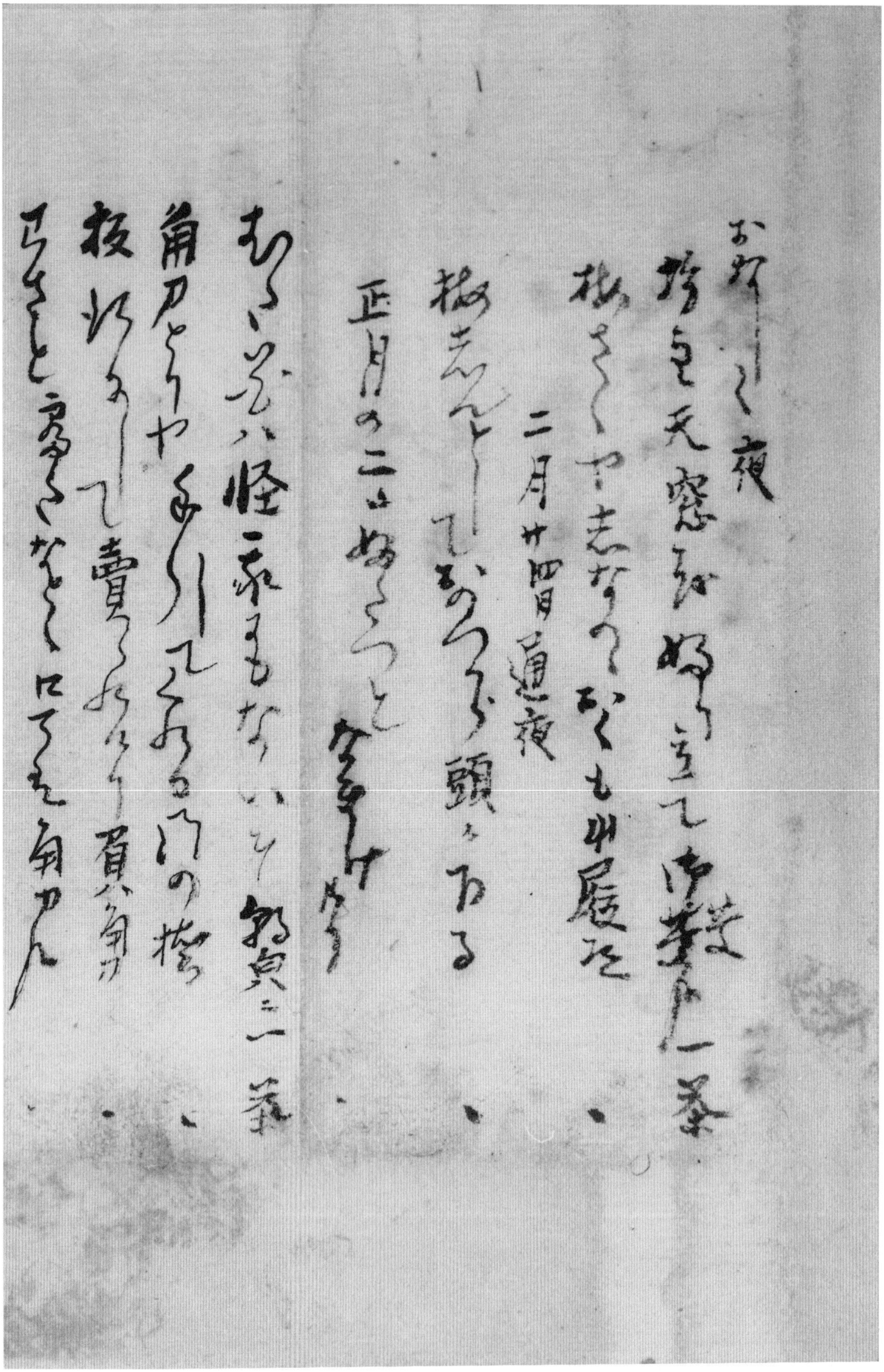

翌の夜の月を請合ふ翁かな

志かしや深山の鹿も色好む

さかしハ角振りすて人の恋

甚ふ糸ぬらぬくと蟷螂かな

人ハ人家ハ家の涼しさハ

蛇も亟けり蜂も亟けりな

萍や露ひかれて花の咲一茎

〳〵の九ゝ鈔も宿りかな

さ毎つけ土五月ゝ出る蚕かな

心なくしてもちるさ哉て
名利の世ゝやよふ
そつくしや又も来てける江戸のとし　、
もちろふ
かすみけすみ柳の糸に腰かゝる　、
つきぬや
春くれやはなにはくらき宿さす橋　、

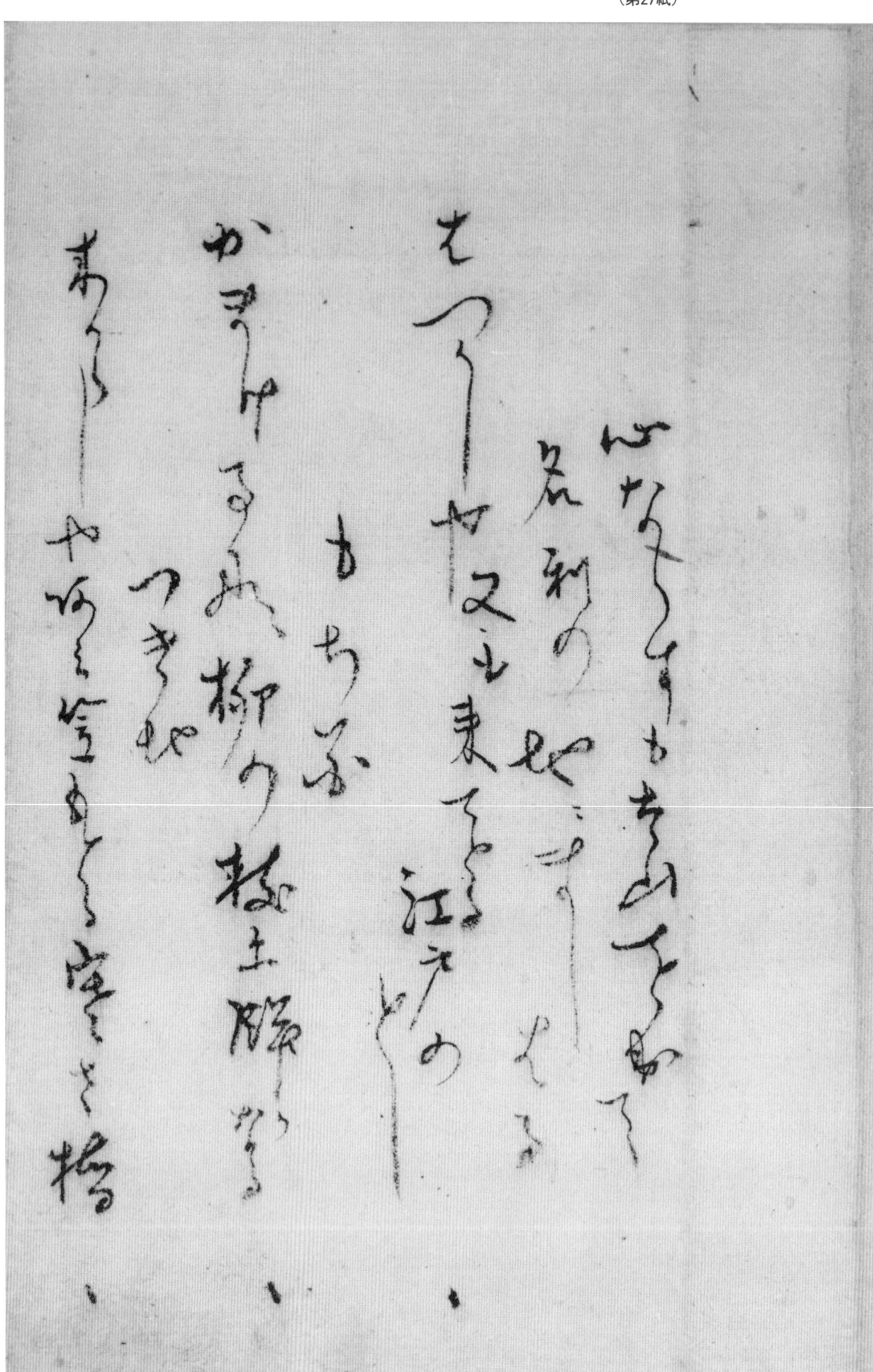

六月十九日より八月六日迄照つゞく

苗田廿日旱なかりしに秋の立一茎

山里ハ米でも搗かする清水かな

田沼ばのきつける

遠効れ良の揃へと

まつりて

石をころびなげきてけりて

老女雌

人の袖にひゆる螢かな

もしハ酒のおもの

老妻なる

雨の秋や月ハ無證の月なる

良夜画
十五夜や雨之の芒女郎へし
おかしく夜半清之
御の字の月夜こそ中の秋
萬葉てに詠る名長
峰の月夜きの上無し
ゆりけりとも
知らく名の里書之へて秋の光

おたし〻[illegible]

江戸

名息の[illegible]買上や經山寺　一茶

蕣乜おてらのわそし茶の花　〻

わさらなの大茶小茶さハくし　〻

九月

一日　蕣細炊さんと淳す茶碗而　〻

八朔や稗にかける粟一穂　〻

八朔や犬の掠る素の穀　〻

てや一塚かましま[illegible]参る人　〻

九月七日會　篭えう堂にて　一幸

乞食子よ勝つとしとりそうのまま
気萎や去りもするとのみをもつ
猫の子のくるくるとちつるうりを
大名衆諸たちそれ巨燵へ
盗どう庭の餠や十三夜

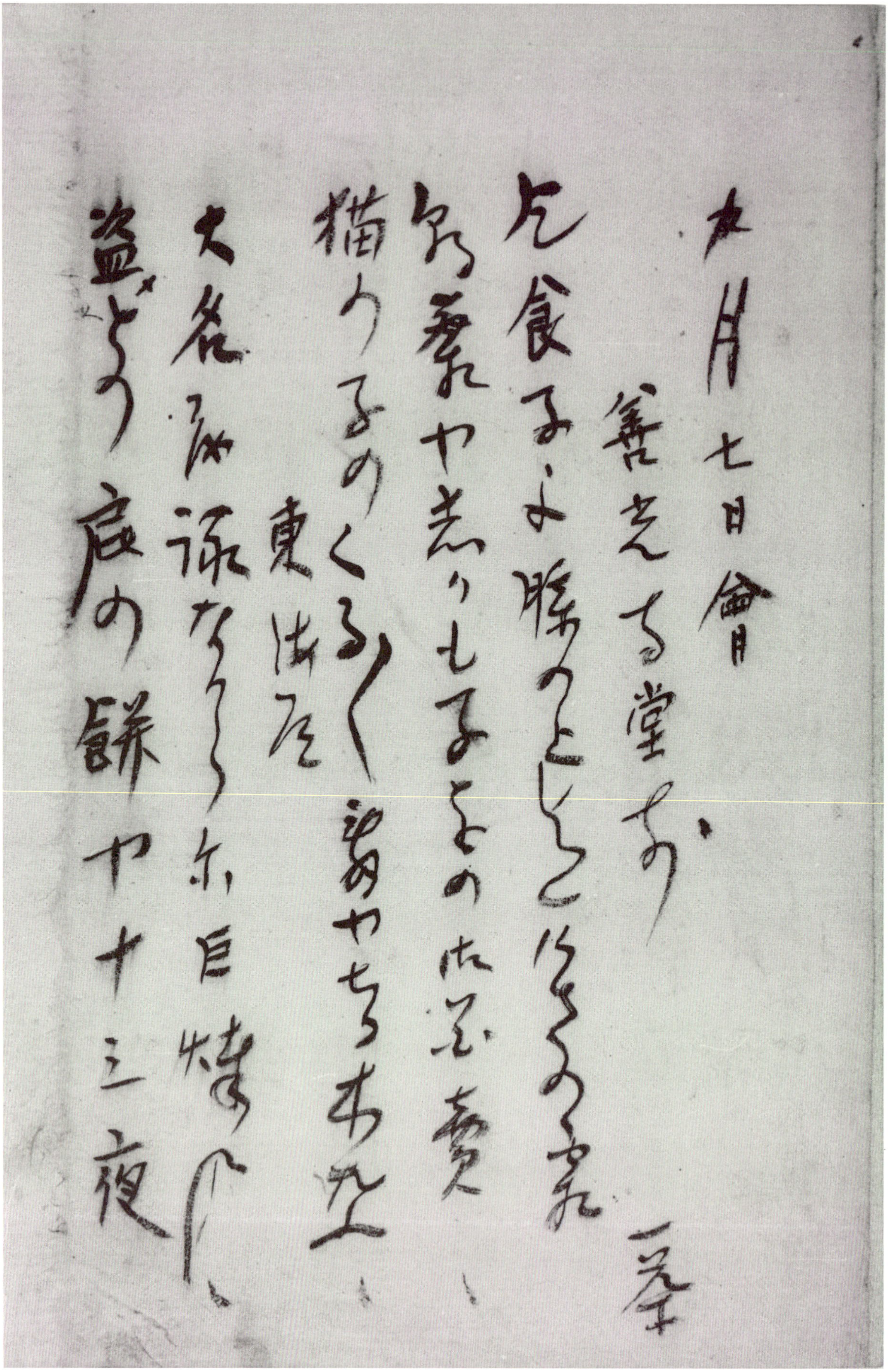

昼負ふもや〳〵むか〳〵一案
か〱ころ〳〵をきほえさる灯ろ
灯篭や蛍の池そ〳〵川歩く
廊のあら〱引もせる灯ろ〳〵
灯と松的〳〵砂川
粒〳〵皆心苦
〱米八行の玉々よ稲の扇〳〵
七々ア釋とも郡ちの糸芝〳〵
時子家別さく憂い里〳〵さく〳〵
二百十日のほゆ〳〵のとそよ長

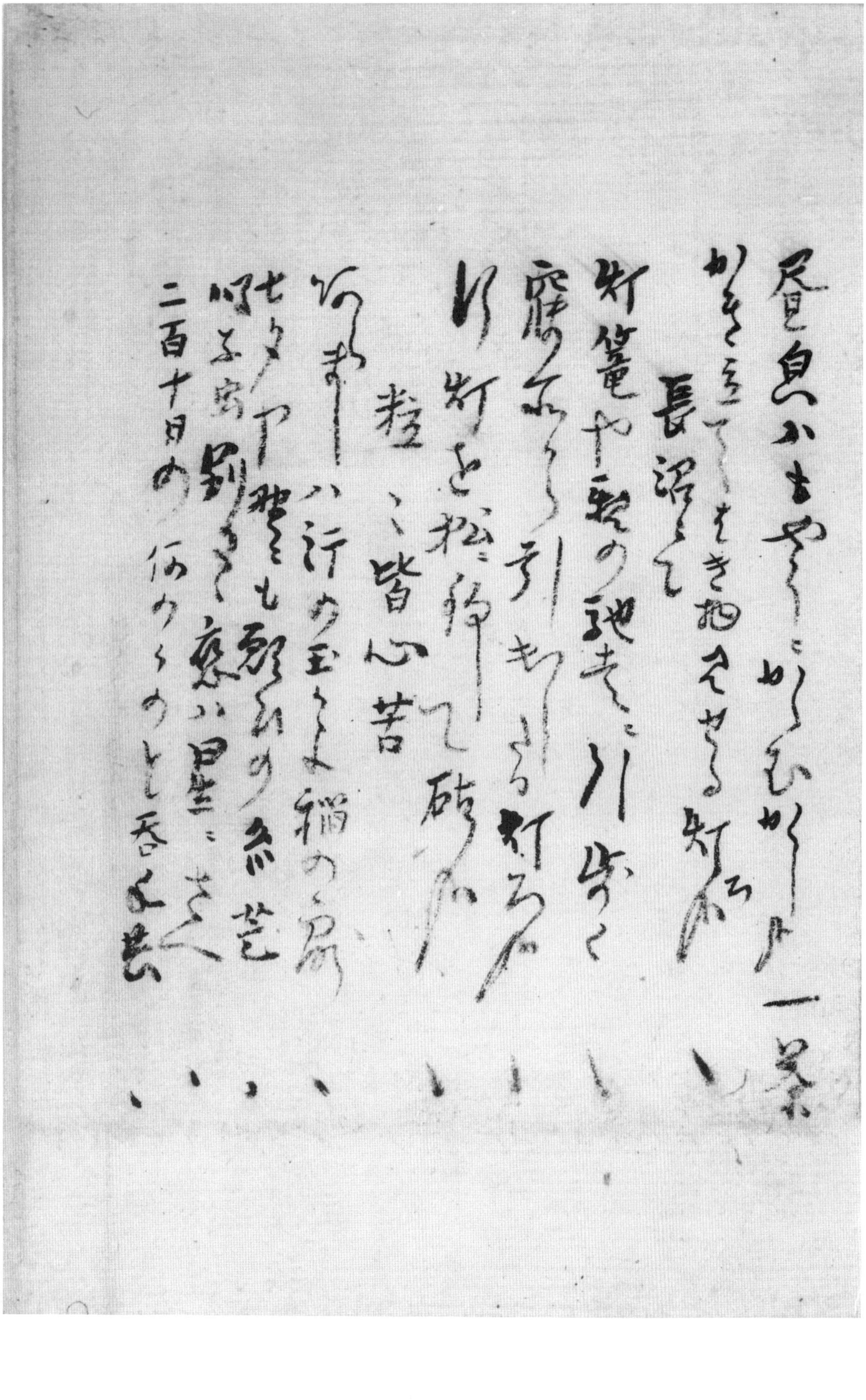

初秋夕退天道

星くを浄しくけして夕空の
ひかり差そく山のおし
夕空のまゝ晴きる高木かな
雲なかりに常る月かふ
はちなかれるかなとも
鳥啼よりさるに
むし鳥さかく中に家路とく涙の
けふの立田いつま

也らん

世におくれまいらすかり
言ひならし年
おさな子や笑ふにつけて秋の暮
あそれ行人 北雲
なかゝ
小言いふ子れもほしき菊の酒
田中
裸湯に讃々十論雪なり 雪
青楼 肖
三絃のばちてうけくる 雪麿

長沼れの嶋久しく
日をと費し　　論し
損ひける河原を
返る源き二日に令
響雲のちらぬは夏境一尋

水曽らひ
をつきよひ行く
　　　　嶋の
眺望了入るを染
　　　　　　行空の

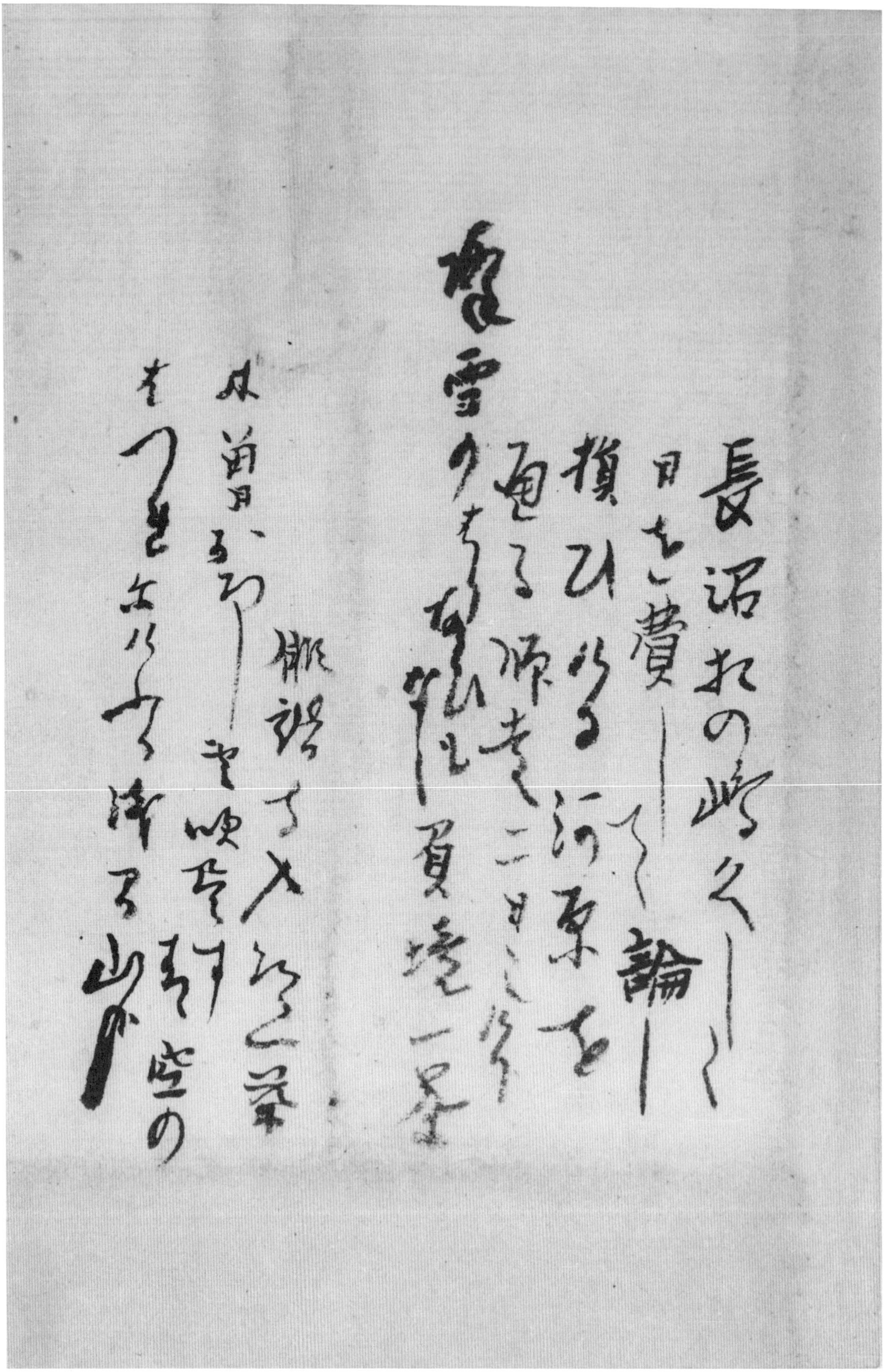

信濃ぶり

我門や唯四五本の萊菔花　一茶

降ハしれ遍を紫に麻絲　雲士

染物や往来の馬に埒れて丶

小萩のよふ火縄たく京利　兼

名月此一の見郎乃粟丸太　、

放して硯年帰代蝉　士

年暮の仕るふ庭をつくりつ　、

庭つと仕よ代奇りし　伊達垣　宗鶏

夏衣ハ名もなき山も通まさる、
枝毎しゝに深ときすきく雄士
三熊野の浦漕船ニ柔ゆかり、
平家のための水施餓鬼せん　龕
以ふぬとて赤人扇も引　列衣、

泣兒の機嫌なをす夕月　士

椽鼻ふ餅よ酒よと押あはく　、

とつふりしつゝも花の居風呂　麟

燕鳥の宿ふ新蠟を貸訓て　、

信濃乃奥ものとかある基　士

だん袋（20ウ）

『だん袋』翻刻

凡　例

『だん袋』の翻刻にあたっては左の要領によった。

一、記載様式、表記などは原本のままを原則とした。ただし通例に従って濁点の必要なものにはそれをつけ、原本にある濁点は原文の右側に「（ママ）」と示した。漢字は概ね原本に従った。片仮名は原本のままとし、変体仮名は現行のものに改めた。

一、行移りは原本通りを原則とした。ただし二行にわたる句は一行とし、長い前書はかならずしも原本通りではない。

一、句稿の丁数は示されていないが仮に付し、裏移りを 」、丁移りを 』で示し、丁数を数字、その表・裏をオ・ウで示した。

一、俳諧歌の下の句は原本では上の句と並ぶが、見易くするため下の句を一字分下げた。

一、発句の下部に、一茶句日記にある句形との異同、出典（『七番日記』は「七番」、『八番日記』は「八番」、『文政句帖』は「句帖」と略す）、作句年月（「文化」は「化」、「文政」は「政」と略す）を示し、本集を初出とする句は「初」、本集と同形は「同」、異形は「異」とし、異形は補注に記した。

だん袋　」1オ

亀井戸天満宮
烏帽子着た馬士どのや梅の花　一茶　同　七番（化十五・正）
小庇の薪と猫と雪解哉　、　初（異七番化十五・二）〔注1〕
蚊いぶしも持て引越す木陰哉　一茶　異　八番（政四・四）〔注2〕
孑孑のひとり遊びやぬり盥　、　『1ウ　同　八番（政四・六）
孑孑の連に巡るや桜の葉　、　同　八番（政四・六）
蓮ハ水難の心づかひもあれば
ぬく〳〵と乗らばぼたんの臺かな　、　」2オ　異　八番（政三・九）〔注3〕
東叡山
駕さきやしたに〳〵と雉の声　、　異　七番（化十五・二）〔注4〕
新保村高臺寺
ちる花やお市小袖の裾ではく　、　同　七番（化十五・二）
陽炎や新吉原の昼の躰　、　同　七番（化十五・三）
田中
梅がゝよ湯の香よ外ニ三ヶの月　、　『2ウ　同　七番（化十五・二）
文化十五年三月廿八日通題
小児
はつ袷袖口見せにうら家迄　一茶　初　（化十五・三）
寝よ次郎ばか（ママ）時鳥鳴廻る　、　異　七番（化十五・四）〔注5〕

石山へ雨を逃すなほとゝぎす　、、　同七番（化十五・四）
から崎の雨よさて又郭公　、　初（化十五・三）
江戸風俗
連立てをん盆々や赤蜻蛉　一茶　同八番（政四・七）
蜻蛉や犬の天窓を打てとぶ（ママ）　、　」3オ　同八番（政四・七）
馬ニなる人やよ所目もあつくるし　一茶　異八番（政四・九）〔注6〕
おもしろう汗のしミたる浴衣哉　異句帖（政八・六）〔注7〕
しなの路の山が荷ニなる暑哉　初（類七番化九・十一）〔注8〕
一ッ松
野休ミの片袖暑き木陰哉　同句帖（政八・六）
べら坊ニ日の長い哉―《暑》い哉　同句帖（政八・六）
坂本泊
―《暑き》日や胸につかへる臼井山　初（政八・六）
―《暑き日》や野らの仕事の目ニ見ゆる　初（政八・六）
あらあつし〱と寝るを仕事哉　初（異句帖政八・六）〔注9〕
木（ママ）（本）堂
―《暑き》日や爰ニもごろりごろ〱寝　』3ウ　初（政八・六）
雨晴
十五夜ハよい御しめりよゝい月よ　異句帖（政六・八）〔注10〕
旅の通りにふと立どまりて
見ずしらぬ辻角力さへひいき哉　異句帖（政六・八）〔注11〕
宮角力木から蛙も声上る　異句帖（政六・八）〔注12〕
やさしさや恋路に迷ふ太山鹿　同句帖（政六・八）

春日野ハ神もゆるしやしかの恋　」4オ　異 句帖（政六・八）〔注13〕

文政二年八月九日

蝕良夜　二句

人数ハ月より先へ欠にけり　一茶　異 八番（政二・八）〔注14〕

人の世ハ月もなやませ給ひけり　、　同 八番（政二・九）

菴の夜の遊びかげんの夜寒哉　、　異 八番（政二・八）〔注15〕

ゆら／＼と大名縞のすゝき哉　、　異 八番（政二・八）〔注16〕

連にはぐれたる夕暮に　』4ウ

一人通ると壁ニ書く秋の暮　、　同 八番（政二・六と七）

膝抱て羅漢貞して秋の暮　、　同 八番（政二・八）

山家の墓詣　七月七日

念仏を申だ（ママ）け敷く芒かな　、　異 八番（政二・八）〔注17〕

世を捨てぬ人の庇の芒哉　、　同 八番（政二・八）

中山道

椋鳥と人に呼ばるゝ寒哉　、　」5オ　同 八番（政二・十一）

文政三　六月廿日

親猫が蚤をも嚙んでくれニけり　一茶　初（類八番政三・六）〔注18〕

寝むしろや鼠の蚤のふり所　、　同 八番（政三・六）

猫の蚤こすりおとすや草原へ　、　異 八番（政三・六）〔注19〕

人立も暑もへるや門の月　一茶　異 八番（政四・七）〔注20〕

老の身ハ暑のへるも苦労哉　、　初（政四・七）

遊ぶ夜や門のあつさも今少　、　』5ウ　異 八番（政四・七）〔注21〕

七月廿九日夜題

福の神ゐめため露が玉となる　一茶　異　八番（政四・七）〔注22〕
世話しなの世や上る露下る露　、　同　八番（政四・七）
朝露の流れ出けり山の町　、　初　（類八番政四・七）〔注23〕
北陸道
雪車引や家根から呼ばるとゞけ状　、　異　八番（政四・十）〔注24〕
雪ちるや御駕へはこぶ二八蕎麦　異　八番（政四・十一）〔注25〕
田中
坐敷から湯ニとび入やはつ時雨　、　」6オ　同　八番（政四・十一）
にはかに聾と成りぬる折り
九頭竜大権現を祈りて
耳一つ御かし給へ時鳥　、　同　八番（政三・六）
爰〳〵妻ン鶏よぶや門涼ミ　、　異　八番（政三・六）〔注26〕
文政三　八月三日夜
虫も鈴ふるや住吉大明神　同　八番（政三・八）
長生の蠅よ蚤蚊よ貧乏村　同　八番（政三・八）
蚊もいまだ大あばれ也江戸の隅　」6ウ　同　八番（政三・八）
御成場
雁鴨や御用を笠ニきてさハぐ　異　八番（政三・九）〔注27〕
芭蕉忌や我もケ様な頭陀袋　一茶　異　八番（政四・十）〔注28〕
ばせを忌ニ執筆の天窓披露哉　、　初　（類八番政四・十）〔注29〕
古郷ハ小意地のわるいしぐれ哉　、　同　八番（政四・十）
下手時雨てきぱき降もせざりけり　、　同　八番（政四・十）
地炉口へ風の寄たる木の葉哉　、　異　八番（政四・十）〔注30〕

菜畠ハ一霜づゝの元気哉　、　」7オ　同八番（政四・十）

山やけの明りに下る夜舟哉　、　同七番（化十五・三）

薬王品如得病医

花を折る拍子ニとれししやくり哉　、　同七番（化十五・二）

墨坂新十郎といふものゝ

工ミなる雁鴨の牢屋ニて

帰り度雁ハ思ふやおもはずや　、　』7ウ　同七番（化十五・三）

善光寺御堂

開帳ニ逢ふや雀もおや子連　、　同七番（化十五・三）

やつれたぞ子ニ疲れたぞ門雀　、　異七番（化十五・三）〔注31〕

村中ニきげんとらるゝ蚕かな　、　同七番（化十五・三）

刈萱堂

花の世ハ仏の身さへおや子哉　、　同七番（化十五・三）

花さくや伊達ニくはへし殻ぎせる　、　」8オ　同七番（化十五・三）

壬正月廿八日

中日と知て虱の出たりな　一茶　初（類句帖政五・閏正）〔注32〕

小莚ニのさ〱彼岸虱哉　、　同句帖（政五・閏正）

湖水

吹かれ行く舟や雲雀とすれ違ひ　、　異句帖（政五・閏正）〔注33〕

行雁も下るや恋の軽井沢　、　』8ウ　異句帖（政五・閏正）〔注34〕

寒いのもまだ夜ばかりぞうらの山　一茶　異句帖（政五・八）〔注35〕

山鳥の尾のしだりをの夜寒哉　、　初（政五・八）

青空のきれい過たる夜寒哉　、　初（政五・八）

虫の外ニも泣ごとや藪の家　、　同　句帖（政五・八）
鳴な虫だまつて居ても一期也　、　同　句帖（政五・八）
菊月七日　外山白く見ゆれば
菊咲くや山ハ本ン間の雪の花　初（類句帖政五・九）〔注36〕
旅人が藪ニはさミし稲穂哉　」9オ　異　句帖（政五・八）〔注37〕
田中河原
雪ちるやわき捨てある湯のけぶり　、　異　句帖（政五・十二）〔注38〕
文政六　二月十二日
畠打や通してくれる寺参り　同　句帖（政六・二）
杖先で打て仕廻ふや野菜畠　初（政六・二）
艸花の咲々畠ニ打れけり　初（政六・二）
二渡し越て田を打ひとり哉　同　句帖（政六・二）
御坐敷の隅からすミへ小てふ哉　同　句帖（政六・二）
籠の鳥蝶をうらやむ目つき哉　同　句帖（政六・二）
菓子盆の足らぬ所へ小てふ哉　同　句帖（政六・二）
浅黄蝶あさぎ頭巾の世也けり　』9ウ　同　句帖（政六・二）
菅莚それ〳〵蝶よ汚るゝな　、　異　八番（政三・二）〔注39〕
吉原三日花
こちとらも目の正月ぞさくら花　、　同　八番（政三・正）
苦の娑婆や花が開ばひらく迚　、　同　八番（政二・十）
歯ももたぬ口に咥へてつぎ穂哉　一茶　同　八番（政三・二）
二月十五日
せうばんに我らもごろり涅槃哉　、　」10オ　同　八番（政三・二）

接待や猫がうけとる茶釜番　　同　句帖（政六・七）

―《接待》や自慢じやないと夕木陰　　初　（類句帖政六・七）〔注40〕

たゞくれる茶ニさへ小屋の掃除哉　　異　句帖（政六・七）〔注41〕

玉祭

すね茄子馬役を相つとめけり　　同　句帖（政六・七）

太鼓だけ少下卑たり盆踊　　異　句帖（政六・七）〔注42〕

艸菴無訪人

此雨ハ天から土用見廻哉　　同　句帖（政六・六）

涼んとぶら〳〵下る毛虫哉　』10ウ　　異　句帖（政六・六）〔注43〕

我門ハ虫さへ白毛太夫哉　　同　句帖（政六・六）

艸葉から暑い風吹坐敷哉　　異　句帖（政六・六）〔注44〕

冷汁や木の下又ハ石の上　　同　句帖（政六・六）

田の人の日除ニなるや雲の峰　　同　句帖（政六・五）

文政六未七月七日

七夕や地ニも目出度稲の花　一茶　　異　句帖（政六・七）〔注45〕

かくれ家や寝ても聞ゆ（る）踊り声　　異　句帖（政六・七）〔注46〕

勝角力虫も踏まずニもどりけり　　同　句帖（政六・七）

まけ仲間寄てたんきる角力哉　」11オ　　同　句帖（政六・七）

勝菊ハ大名小路もどりけり　一茶　　異　八番（政三・九）〔注47〕

山菊の生たまゝや直ニ咲　、、　　異　八番（政三・九）〔注48〕

いが栗も花の都へ出たりな　、、　　同　八番（政三・九）

鼠等も婀事するか杓子栗　、、　　同　八番（政三・九）

山寺の豆煎り日也むら時雨　、、　　初　（政三・九）

田から田へ真一文字や十夜道　、　初（政三・九）
しなのぶり
我門や只四五本の大根蔵　異　八番（政三・十）〔注49〕
かまくらや十夜くづれの明烏　初（政三・十）
雪ちるや軒のあやめのから〳〵と　』11ウ　初（類八番政三・六）〔注50〕
はつ雪や一の宝の古尿瓶　、　初（類句帖政五・十）〔注51〕
乙二など彼地にあれば
芭蕉忌や蝦夷にもこんな松の月　、　同　八番（政三・十）
朝市の火入にたまる霰かな　、　初（政三・十）
着せ綿
綿きせて十程わかし菊の花　、　」12オ　同　八番（政三・九）
おなじく夜
坊主天窓をふり立て御慶哉　一茶　同　八番（政四・十二）
梅さくやしなの〻おくも艸履道　、　同　八番（政四・九）
二月廿四日通夜
梅しんとしておのづから頭が下る　、　同　八番（政四・十二）
正月の二日ふたつとなまけけり　、　初（類八番政四・十二）〔注52〕
むだ花ハ怪我にもないぞ朝良ニ　一茶　異　八番（政四・八）〔注53〕
角力とりや手引てくれる門の橋　、　同　八番（政四・八）
板行にして売られけり負角力　、　同　八番（政四・九）
わざと寝たなど〻口では角力哉　、　』12ウ　異　八番（政四・八）〔注54〕
翌の夜の月を請合ふ爺哉　、　同　八番（政四・九）
しほらしや深山の鹿も色好む　、　異　八番（政四・九）〔注55〕

さをじかハ角顕らはヽぞ人の恋　、　同　八番（政四・九）
其分にならぬ〳〵と蟷螂哉　、　同　八番（政四・九）
人ハ人我ハ我家の涼しさハ
　虻も通らず蜂も通らず　、　同　八番（政四・九）
萍や遊びがてらに花の咲　一茶　同　八番（政三・六）
ー《萍》の兀た所ももやう哉　、　異　八番（政三・六）〔注56〕
さまづけに育られたる蚕哉　、」13オ　異　八番（政三・六）〔注57〕
　心ならずも太山を出て名利の地ニまじはる
はづかしや又も来てとる江戸のとし　、　同　八番（政二・十一）
　もち花
かまけるな柳の枝に餅がなる　、　同　八番（政二・十二）
　つき地
木がらしやあミ笠もどる寒さ橋　、』13ウ　異　八番（政二・十）〔注58〕
六月十九日より八月六日迄照つゞく
小山田や日われながらに秋の立　一茶　初　（政六・八）
山里ハ米をも搗かする清水哉　、　異　句帖（政六・七）〔注59〕
　田沼氏のきづける遠州相良の城見ニまかりて
石はこびなげきこりつゝしめし野々
　人の油にひかる城哉　、　同　句帖（政六・八）〔注60〕
　ことしハ酒の相手の老妻なく
身の秋や月ハ無瑾の月ながら　、」14オ　同　句帖（政六・八）
　良夜雨
十五夜や雨見の芒女郎花　初（類句帖政五・八）〔注61〕

おなじく夜半清光
御の字の月夜也けり艸の雨　異　句帖（政五・八）〔注62〕
善光寺ニ詣けるに長崎の旧友きのふ通るとありければ
知た名の楽書見へて秋の暮　』14ウ　同　句帖（政五・九）
おなじく卅日
江戸
朝良の上から買ふや経山寺　一茶　異　八番（政四・七）〔注63〕
蕣やおこりのおちし花の顔　、　同　八番（政四・七）
あさがほの大花小花さハ〳〵し　、　同　八番（政四・七）
蕣をふはりと浮す茶碗かな　、　異　八番（政四・七）〔注64〕
八月一日
八朔や秤ニかける粟一穂　、　同　八番（政四・七）
八朔や犬の碗にも赤の飯　、　異　八番（政三・九）〔注65〕
こやし塚かますけぶる野分哉　、　」15オ　異　八番（政四・七）〔注66〕
九月七日會
善光寺堂前
乞食子よ膝の上迄けさの霜　一茶　異　八番（政三・十）〔注67〕
朝霜やしかも子どもの御花売　、　同　八番（政三・十）
猫の子のくる〳〵舞やちる木葉　、　同　八番（政三・十）
東海道
大名を詠ながらに巨燵哉　、　初（類八番政三・十）〔注68〕
盗メとの庇の餅や十三夜　』15ウ　異　八番（政三・九）〔注69〕
昼良ハもやうニからむかゝし哉　一茶　異　句帖（政五・七）〔注70〕

かき立てゝはき物見せる灯ろ哉　、　異　句帖（政五・七）〔注71〕

長沼ニて

灯籠や親の馳走ニ引歩く　、　同　句帖（政五・七）

寝所から引出したる灯ろ哉　、　初　（政五・七）

行灯を松ニ釣して砧哉　、　異　句帖（政五・七）〔注72〕

粒々皆心苦

あらましハ汗の玉かよ稲の露　、　異　句帖（政五・七）〔注73〕

七夕や野ニも願ひの糸芒　、　同　句帖（政五・七）

鳴な虫別るゝ恋ハ星ニさへ　、　同　句帖（政五・七）

二百十日の何のかのと呑手共　、　」16オ　異　句帖（政五・七）〔注74〕

功成身退天道

里々を涼しくなして夕立の
ひかりしりぞく山の外哉　異　句帖（政六・九）〔注75〕

夕立のまだ晴きらぬ木間より
雫ながらに出る月かな　同　句帖（政六・九）

心ちなやましかりけるとき烏鳴よからざるに

むら烏さハぐや我をとり辺のゝ
けぶりの立日いづれ近かけん　』16ウ　異　句帖（政六・九）〔注76〕

母ニおくれたる二つ子の這ひならふに

おさな子や笑ふニつけて秋の暮　同　句帖（政六・九）

やかましかりし老妻ことしなく

小言いふ相手もあらば菊の酒　異　句帖（政六・九）〔注77〕

田中

裸湯ニ降るや初雪たびら雪　　異句帖（政六・九）〔注78〕
　青楼曲
三絃のば（ママ）ちでうけたり雪礫　」17オ　同七番（化十一・十二）
類句帖（政六・十一）〔注79〕
長沼相の島久しく日を費して
論じ損ひける河原を通る師走二日也けり
降雪のはりあひもなし負境　一茶　異句帖（政五・十二）〔注80〕
木曽おろし雲吹尽す青空の　俳諧寺入道　一茶
　はづれにけぶる浅間山哉　』17ウ　同句帖（政六・八）
」18オ
　信濃ぶり
我門や唯四五本の菜箙ぐら　一茶
　降ハしぐれぞ楽に寝転　雲士
染物は往来の馬に埒明て　、　』18ウ
　小萩の上に火縄おくなり　茶
名月の一の見所の栗丸太　、
　放して壁に啼す蝉　士
年寄の仕事に庭をつくりつゝ　、
　やつと仕上になりし伊達垣　宋鵜　」19オ
夏空ハ名もなき山も近まさり　、
　夜毎〳〵にほとゝぎすきく　雄士
三熊野の浦漕船に乗歩行　、

平家のための水施餓鬼せん　鵗

いらぬとて赤へ扇も引裂　、」19ウ

泣児の機嫌なをす夕月　士

緑鼻に餅よ酒よと押ならべ　、

とつぷりしづむ花の居風呂　鵗

燕鳥の宿に軒端を貸馴て　、

信濃の奥ものどかなる春　士」20オ

全斎庵」20ウ

〔注〕

1　上五中七「小庇に薪並おく」。
2　上五「蚊いぶしを」。
3　上五「ふく〳〵と」。
4　上五「御通りや」。
5　上五「次郎寝よ」。
6　中七「人やおか目も」。
7　中七下五「汗のしとるや旅浴衣」。
8　類『七番日記』（文化九年十一月）下五「寒〔さ〕哉」。
9　上五以下「あつし〳〵と寝る（が）仕事哉」。
10　上五「十五夜の」。
11　中七「角力にさえも」。
12　中七「蛙も木から」。
13　上五中七「春日野や神もゆるしの」。
14　上五「人顔は」。
15　上五「のらくらが」。『七番日記』（文化十二年九月）上五「むだ人の」。
16　上五「ゆう〳〵と」。『七番日記』（文化十三年）上五「縞もしま」。
17　上五中七「一念仏申程しく」。
18　『八番日記』（文政三年六月）「蚤かんで寝せて行也猫の親」。
19　「芝原にこすり付るや猫の蚤」。『八番日記』（文政二年六月）「草原にこすり落すや猫の蚤」の改作。
20　上五「友もへり」。「梅塵八番」には併記。
21　上五「夜参りよ」。「梅塵八番」上五「寝余るよ」。
22　中七「見たまい」。
23　「白露やどうと流るヽ山の丁」。『八番日記』（文政四年九月）「山の町どつとヽ露の流れけり」。
24　中七「屋根から投る」。
25　上五「はつ雪や」。
26　上五下五「爰〳〵と……下涼」。
27　上五「雁どもや」。
28　中七「我もか様に」。
29　上五中七「芭蕉忌の主あたまの」。
30　上五「此炉口」。
31　上五「やつれたよ」。
32　中七下五「知つてのさばる虱かな」。
33　中七「舟や雲雀の」。
34　上五「行雁の」。
35　上五中七「寒いのはまだ夜のみぞ」。
36　上五中七「菊の日や山は山とて」。
37　上五「旅人の」。
38　上五「降雪や」。
39　中七下五「それそれ蝶が汚れんぞ」。
40　上五中七「涼しさを自慢じやないがと」。
41　上五「施しの」。
42　上五中七「家台だけ少げびけり」。
43　上五「涼しさに」および上五「祭り見に」。
44　上五「草葉より」。
45　中七「こちも目出度」。
46　上五「木がくれや」。
47　上五下五「勝菊の……帰りけり」『七番日記』（文化十五年九月）に同形。
48　下五「真直に」。
49　中七「只六本の」。
50　中七下五「軒の菖蒲がそれなりに」。
51　上五下五「はつ雪に……尿瓶かな」。

52 「正月の二ツもなまけ始かな」。
53 下五「朝顔は」。
54 上五中七「わざと負たなど、口には」。
55 中七下五「おく山鹿も色好み」。
56 中七「兀た所が」。
57 中七「育上たる」。初出『七番日記』（文政元年三月）。
58 中七「折介帰る」。
59 中七「米をつかする」。
60 異『八番日記』（文政三年九月）上句「なげきこり〳〵つ、」。
61 類「十五夜の萩に芒に雨見哉」。
62 中七「月と成りけり」。
63 中七下五「上から取や金山寺」。別案中七「外から呼や」。
64 中七「一ぱい浮す」。
65 下五「小豆飯」。
66 中七「そよ〳〵けむる」。
67 上五「乞食子や」。
68 類上五中七「づぶ濡の大名を見る」。
69 上五「盗とかいう」。
70 上五「昼皃の」。
71 上五「ある時は」。
72 下五「小夜ぎぬた」。
73 上五「半分は」。
74 「呑手共二百十日の何のかのと」。
75 「……夕立はなりしりぞきし……」。
76 「……さ鳴そ我を……しばし待なん」。
77 下五「けふの月」。
78 上五「湯の中へ」。

79 類上五中七「かんざしでふはと留たり」。
80 前書「長沼相の島久しく論じ損ひける川原にて」、中七「はかりあひもなし」。

『だん袋』解題

一茶のアンソロジー『だん袋』考

はじめに

一茶の晩年を飾る遺稿句集『だん袋』については、すでに昭和五年刊行の信濃教育会編『一茶叢書』(古今書院)第九編「小篇三十種下」の中に、一茶遺稿「だん袋」として自筆部分が紹介されており、次のような解題が付せられている。

信濃水内郡長沼の一茶門人雲士が集めて置いた一茶の遺稿で……文政の初数年、即ち一茶晩年の発句がその真蹟のまゝ、半切の紙片に書かれたもの迄も整理して保存してある。題簽も一茶が書き与へて「だん袋」と呼んだ。

これは思ふに、長沼は晩年の一茶が足繁く出入した所で、従つて門人も多かつたが、主として連句の方は掬斗をして集めさせ――「大叺」、発句の方は雲士に依嘱して保存させて置いた――「だん袋」、であらう。一茶は各地の門人中の重だつた人々の名前で撰集させる予定だつたので、此だん袋も、いはゞ俳諧寺叢書の一として、雲士の名義で開板さすべき一書の準備であつて、これを遂に果さずして逝いたものではなからうか。故に本集は、前出の「大叺」と共に、かかる意味で珍重すべき遺稿といふべきであらう。

雲士、通称は、吉村伴七、天保元年三月、五十三歳で没した。

以来、同書の翻刻は『だん袋』の基本資料と見做されており、その収録句が一茶俳句集に選ばれるなど、遺稿の存在と内容は研究者周知のこととなっている。昭和五十一年から五十四年にかけて刊行の『一茶全集』(全九巻、信濃教育会編、信濃毎日新聞社)は、『だん袋』を全集に収めず、第一巻(発句篇)にのみ「だん袋」からの引用をしたが、同巻解説は右の解題を踏襲して、

『だん袋』は、長沼の門人吉村雲士が集めた一茶遺稿で、文化十五年三月より文政六年九月までの発句・真蹟を保存したものであり、題簽も一茶自筆のもの。のちに一書として発刊させる予定だったと思われる。

としている。その後はこれが更に短縮され、

長沼の門人吉村雲士が文化十五年三月から文政六年九月までの一茶自筆の発句を真蹟のまま整理した一茶遺墨集。

と概説するものも出ている(矢羽勝幸『一茶大辞典』平成五年、大修館書店)。

筆者は、ゆくりなき縁で、長沼の吉村雲士家の分家である吉村酉三（雲士の孫）家に、久しく門外不出として襲蔵されていた一茶遺稿句集『だん袋』の原本を見る機会にめぐまれた者であるが、原本は折本仕立ての稿本一冊で、一茶自筆の「だん袋」を内題として自筆句稿が配列され、末尾に半歌仙「信濃ぶり――我門や」を収録、奥書に「全斎庵」、題簽には「脱牟含胸心」と書かれている。これを収めた帙には「だんぶくろ全」、桐箱には「一茶翁だんぶくろ全　吉村酉三家」と墨書してある。これを見たとき、妻の祖父で筆者自身には伯父に当たる吉村酉三が、既刊の「だん袋」は句集『だん袋』の全体ではないと主張しているかのように思われた。そうだとすれば、これまで基本資料と見做されてきた上記『一茶叢書』の翻刻は『だん袋』の中の連句ほかを除外しているので、遺稿句集『だん袋』の全貌については未紹介の資料ということになるのではないか。また、前記の解題・解説が「雲士が集めた一茶の遺稿を整理・保存したもの」としているのも、句集『だん袋』の成立や性格を正しく理解したものとは言えないのではなかろうか。

これは思うに、『一茶叢書』の編者が、倉皇《そうこう》の間の出版であったとはいえ、一茶遺墨の蒐集に興味を集中するあまり、『だん袋』を一茶が「雲士の名義で開板さすべき一書の準備……ではなかろうか」と推定しながらも、現存する『だん袋』が一茶と雲士の両吟に次韻した「信濃ぶり――我門や」半歌仙を収録していることに目を瞑《つむ》り、これに対する何らの注釈も加えることなく、自筆以外を切捨ててしまったことに起因するのではないだろうか。私見ではあるが、右半歌仙は一茶が『だん袋』への収録を予定したものではなかったであろうか。だからこそ、一茶・雲士の没後遺稿のまとめをした其一庵宋䳚と雲士の息雄士は、その遺志を継いで、残されていた未完の両吟に次韻して半歌仙とし、これを加えた稿本を作り、題簽に「脱牟含胸心」と記して仰慕の念を顕したのではなかったであろうか。

遺稿「だん袋」翻刻以来六十余年、この句帖について論じたものも見当たらないようであるが、この研究がないのは何故であろうか。所収句については、丸山一彦氏の『新訂一茶俳句集』（岩波文庫、平成二年）に多数選句されるなど、これを評価したものもある。一方「珍重すべき遺稿」（『一茶叢書』）と言われながら、これまでまとまった考察がなされた形跡がなく、かえって「画帖として書いて人に与えたという風のものである」（荻原井泉水随筆一茶『おらが春新釈』昭和三十一年、春秋社）と評されたり、いまでは忘れ去られて「遺墨集」ということに落ち着いたようであるが、この句集はもっと注目されてもよいのではないだろうか。また、句集の成立や掲載句の作成年度等にも混乱や誤りが目立つことも放置できないので、一茶の句稿作成の跡を辿りつつ『だん袋』の性格について考えてみることにする。もとより素人の解釈であるから我田引水的なところも多々あることと思われるが、先学の方々のご叱正を乞うとともに、あらためて一茶遺稿句集『だん袋』の全文を翻刻して紹介し、研究者の方々の便に供したいと思う。なお『一茶叢書』の翻刻には若干の脱字、誤読もある。

書誌

体裁は折本仕立ての稿本一冊。縦二十四・一センチ、横十六センチ。表紙は濃緑色、手鞠に亀甲小菊つなぎ紋の空摺紙。題簽は薄紫地に白の模様のある和紙片に其一庵宋鵗《きいつあんそうき》の筆で「脱牟含胸心」と墨書して中央に貼付。茶色亀甲つなぎ紋の緞子の帙に収められ、桐の箱に入れてある。なお帙には「だんぶくろ全」、箱には「一茶翁だんぶくろ 全 吉村西三家」と墨書してある。筆跡はいずれも元所蔵者吉村西三のものである。

本文は全二十丁、うち一茶自筆十七丁（内題、発句、俳諧歌）、その他三丁（連句、奥書）。内題「だん袋」。発句と俳諧歌は両者を区別することなく、半紙やその半切さらにその半切など不統一の三十五点の紙に、一、二句から十三句（最多三句）が記されている。連句は「信濃ぶり――我門や」半歌仙で、宋鵗の筆跡。序文、後書、丁付はない。奥書は「全斎庵」と篆書で大書し、右肩に縦長白文の「全斎」印を、左側に方形朱文の「吉郁」「春雄」の二印を押す。日付その他の記載はない。全斎は雲士から息の雄士が受け継いだ雅号であるから、本書の編者か或いは所蔵者が全斎雄士（吉村春雄）であることを示していると思われる。なお、二十丁表の裏面に「信州・吉村印・長沼」という三行円形の印が押してあるがこの印は他の雄士の所蔵本にもあるから雄士の印と思われる。

一茶遺稿句集『だん袋』

本書は、長沼の門人吉村雲士が保存して置いた一茶の自筆遺稿に、没後其一庵宋鵗と雲士の子吉村雄士とが、一茶・雲士の未完の両吟に次韻した半歌仙一巻を加えて、一茶自筆の「だん袋」を内題として一冊にまとめた遺稿句集。一茶の文化十五年正月から文政八年六月までの発句、俳諧歌、連句を収める。作品数は、発句一七四句、俳諧歌七首、連句一巻である。うち発句と俳諧歌は一茶の自筆である。連句は「信濃ぶり――我門や」半歌仙で、一茶と雲士の両吟が初折裏第一句まで中断していたものに宋鵗と雄士とで次韻したものである。この筆跡は一筆で書かれており当然のことながら一茶のものではない。誰のものかについての記載はないが、半歌仙および本書の成立に係わった人のものであろうことが推定されるところ、筆跡の特徴および雄士との親交関係から宋鵗の筆と断定できる。題簽、奥書も同筆と認められ、宋鵗が本書の成立に深く関与したことが推定される。

この半歌仙については、すでに俳諧寺可秋編の『一茶一代全集』（明治四十一年、又玄堂）に収められ、栗生純夫氏や前田利治氏の論考によって宋鵗の業績と共に知られていたが、その出典については可秋氏も触れていないものであった。また信濃教育会編『一茶全集』第五巻（連句篇）は瑞鷹堂編

『一茶翁聯句集』を出典としているが、その拠り所が遡って本書にあることが認められる。なお両著とも字句などに若干の異同が見られる。

句稿にみる年月日記載

自筆遺稿は、紙質、形状、書風等から異なった時期に書かれたと認められる三十五点（但し編集の際に裁断されたと思われる数点を含む）の句稿からなる。句稿の多くは第一句目の下に「一茶」の銘があり、二句目以下はこれに代えて「、」が打たれている。なかにはこれらを欠く句稿もある。また第一句目から「、」で始まる句稿があるがこれは裁断されたためであろう。

注目されるのは、句稿中に年月日を記載したものが六点、月日のみを記載したものが九点あることである。後者については一茶の句日記から作成年を検索することが出来る。いま便宜上句稿に一連番号を付け、年月日（推定年を含む）の記載のある句稿とこれに対応する一茶句日記の記事とを対照してみると次のようになる。

句稿	年月日記載（カッコ内は推定年）	一茶句日記の記事
第4紙	文化十五年三月廿八日通題	『七番日記』文化十五・三・二八晴　雲士ニ入
第8紙	文政二年八月九日	『八番日記』文政二・八・九晴雲ニ入（二泊）
第20紙	（文政三）二月十五日	『八番日記』文政三・二・一五雪　紫源之丞来（「二五晴　雲ニ入」とあり）
第9紙	文政三　六月廿日	『八番日記』日記記事　欠
第13紙	文政三　八月三日夜	『八番日記』日記記事　欠
第31紙	（文政三）九月七日會	『八番日記』日記記事　欠
第24紙	（文政四）二月廿四日通夜	『八番日記』日記記事　欠
第11紙	（文政四）七月廿九日夜題	『八番日記』日記記事　欠
第30紙	（文政四、七）おなじく卅日	『八番日記』日記記事　欠
第30紙	（文政四）八月一日	『八番日記』日記記事　欠
第16紙	（文政五）壬正月廿八日	『文政句帖』文政五閏正月二七日晴　雲ニ入（三泊）
第17紙	（文政五）菊月七日　外山白く見ゆれば	『文政句帖』文政五・九・六時々雨　雲ニ入　高井山夜雪
第18紙	文政六　二月十二日	『文政句帖』文政六・二・十一日晴寒　雲ニ入

第22紙	文政六未七月七日	『文政句帖』文政六・七・六晴　雲ニ入
第28紙	（文政六）六月十九日より八月六日迄照りつゞく	『文政句帖』文政六・八・六雨六五日目也 『文政句帖』文政六・八・十一晴土未ヨリ陰申下刻雨雲ニ入（二泊）

この対照から分かるように、現存の『八番日記』（風間本）に日記記事を欠く期間（文政三年三月から四年十二月まで）を除く句稿記載の年月日（推定年を含む）は、一茶句日記の雲士宅に泊まった年月日とほぼ完全に一致している。これは句稿が宿泊の都度作成されたことを物語っている。同時にこのことは、日記記事を欠く期間の句稿については句稿記載の年月日に一茶が雲士宅に宿泊していたことを推認させる。さらにこの推理は、年月日の記載のないその余の句稿についても、日記の宿泊記事と句稿の作句年月とを照合することによりその作成日を推定することをも可能にしている。このように、句稿の年月日記載は重要な意味を持っており、「だん袋」の形成過程を考察する点からも、また日記記事の空白期間における一茶の動静を解明する上からも貴重な資料と言うべきであろう。

句稿の配列と作句年の検討

次に句稿の配列を見ると、年月日の記載のある句稿のみについては年月日順を守って配列されていることが認められるが、その余のものについては作句年を無視して順不同に配列されていることが判る。一例を示すと、「文化十五年三月廿八日通題」で始まる句稿第4紙と、次の「文政二年八月九日」で始まる句稿第8紙との間には、次のとおり三つの句稿（第5紙〜第7紙）が作句年にかかわりなく順不同に並べられているのである。句稿句の作句年を一茶の句日記に当たって見ると次のようになる。

句稿	句稿の配列例	一茶句日記の作句年
第4紙	文化十五年三月廿八日通題 小児 はつ袷袖口見せにうら家迄　一茶　以下四句	『七番日記』文化十五年四月
第5紙	江戸風俗 連立てをん盆々や赤蜻蛉　一茶　以下二句	『八番日記』文政四年七月
第6紙	馬ニなる人やよ所目もあつくるし　一茶　以下九句	『文政句帖』文政八年六月

第7紙	雨晴 十五夜ハよい御しめりよゝい月よ	以下五句	『文政句帖』文政六年八月
第8紙	文政二年八月九日 蝕良夜 人数ハ月より先へ缺にけり　一茶	以下九句	『八番日記』文政二年八月

右に見るように、句稿の配列は編年体になっていないのである（どうしてこのような配列になったかは分からない）。従って『一茶叢書』の翻刻は編年体ではない。このことが活字のうえからは読み取りにくいので、収録句の作成年の判定を困惑させ、多くの誤認を生む原因となったと思われる。因みに『一茶全集』中作句年を誤っていると思われる句は三十にも及んでいる。

ここで注目されるのは、右句稿第6紙の「馬ニなる人やよ所目もあつくるし」以下九句が文政八年六月の作であることである。この点については、すでに矢羽勝幸氏により「文政八年六月五・六日頃長沼の雲士宅でつくられたことが証明」されている（同氏編『信州向源寺一茶新資料集』（昭和六十一年、信濃毎日新聞社）中『文政句帖』文政八年五・六・七月分草稿・解説）。だとすれば『だん袋』の作句年代の下限は文政八年六月となり、これを文政六年九月とする従来の定説は訂正を求められよう。同時に右九句をはじめこれまで『だん袋』を出典としてきた句、およびその作句年についても再検討されなければならないであろう。

一茶と雲士

一茶の日記に雲士の名が出てくるのは、『七番日記』の文化十二年四月二十五日の記事に「雲士ニ入」とあるのが初見で、長沼一茶門中最も遅れての登場である。これは雲士が養子であったことと関係があると思われる。雲士は本名吉村長春、字は伴七、全斎と称した。雲士は俳号である。吉村雲士家の系譜によれば、

五代伴七、安永七戊戌年生、文政十三年（天保元年）庚寅三月廿一日没。二代伴七後妻徳明院の甥にして高井郡大島村小林伴右衛門の子にして養子、当家苗跡相続す、三十四歳にて婚姻。妻ふき前名いと牟礼宿高野武左衛門の女、文化八辛未年二月二十四日十八歳にて入嫁す。

とある。養子に来た時期は不明であるが、春甫の『菫草』（文化七年）魚淵の『木槿集』（文化九年）や一茶の『三韓人』（文化十一年）には長沼一茶門が名を連ねているのに雲士の名が見えず、その名が刊行本などに登場するのは魚淵の『あとまつり』松宇の『杖の竹』（いずれも文化十三年）以後であることを考えると、養子縁組と婚姻とは時期が接近していたのではないかと考えられる。二代伴七後妻の甥の雲士は、三代・四代伴七早世後の跡目相続

人として入家後叔（伯）母を助けて家業に専念しなければならない事情もあったものであろう。

一茶と雲士の交渉を徴する資料に長沼吉村雲士家襲蔵の「六曲屛風」がある。そこに貼付された一茶自筆の扇面十七点中に、文化七年作の句を書いたものが三点、同九年の句が二点、同十一年の句が一点ある外、同十一年正月の一茶自画賛も貼付されていることから、一茶が長沼における社中形成を積極化した文化七年頃に、同族で隣家の佐藤魚淵の影響もあって最初の接触があったことが想像されるが、一方一茶が文化九年江戸を引き払って帰郷定住し、懸案の遺産問題を解決して菊女と結婚、長沼を中心に門人間を巡回する生活に明け暮れるようになる時期、文化十年六月腫瘍のため長野の文路宅で七十五日間病臥した時の見舞人の中にも、また菊女との結婚祝をした門人達の中にも雲士の名は見当たらない（『七番日記』）。雲士の入門の時期は分からないが、一茶の日記は、最初雲士宅に宿泊した文化十二年四月以降、俄に両者の交渉が密度を増していることを伝えており、やがて一茶は頻繁に雲士宅を訪れるようになる。小林計一郎氏は一茶の雲士宅宿泊数を集計五十二日と推定されている（同氏「一茶が門人宅に宿泊した日数」『火耀』昭和三十八年九月）。この間に、一茶が将来「雲士の名義で開板さすべき一書」（解題）として構想したのが「だん袋」であったのであろう。最初の句稿が文化十五年正月から二月の句であることから、同年二月頃執筆を始め、以後雲士宅宿泊の都度句作を重ねていったものと思われる。因みに、雲士には五男四女が生まれたが、内三男三女が夭折しており、一茶の日記にも、文化十二年八月から文政二年八月迄の間に「雲士娘没」「雲士娘死亡」「雲士小児没」とその都度正確に記載されており、涅槃会にも同行している（文政二年二月二十九日記）。当時の幼児死亡率の高さが思いやられるとともに、同じ時期二人の愛児を失った一茶の雲士に対する深い同情とその性情の一端が窺われる。

『だん袋』関係史

一茶が自ら「だん袋」と名づけて編もうと企てた句集に、一茶が籠めようとしたものは何だったのか。未完に終わったため序も跋もなく、これを窺う直接の資料については知るところがない。とすれば残る方法は、遺稿句集『だん袋』自体や一茶句日記などの資料から一茶の意図したものに出来るかぎり迫ってみるしかない。管見の限りではあるが、かつて束松露香は『俳諧寺一茶』（明治四十三年、一茶同好会）の冒頭の「一茶年譜」文政元年の条に「『だん袋』に筆を初む」と記した。この表現は『七番日記』『八番日記』と同列のもので、氏が『だん袋』を重く評価していたことを窺わせる。荻原井泉水は大正十五年「長野に吉村酉三氏（一茶の門人雲士の曾孫（筆者注・孫の誤り））を訪うて一茶の遺稿『だん袋』を見せて貰った」（随筆一茶『一茶と共に』昭和三十一年、春秋社）というが、その後同氏編『一茶俳句集』（岩波文庫）に『だん袋』から二句を収録した外には、本書を紹介した形跡は見当たらない。他に後述の花岡百樹氏の「一茶遺稿の『だん袋』と『新家記』」（『同人』昭和二年七月号）があるが参照できなかった。以後『だん袋』

は昭和五年『一茶叢書』に紹介されて広く知られるようになったが、これに対するまとまった考察がなされずにきたようである。そのためか各研究者の『だん袋』についての認識は冒頭に記した『一茶叢書』の解題を越えるものがなく、どの著も一様に「文政元年より文政六年にいたる一茶遺稿」等としているだけである。

以上関係史のあらましに触れてみたが、ここでひとつの疑問に突き当たった。それは『だん袋』の原本を見た人は意外に少なく、戦争中から戦後を通じてその所在を尋ねて原本と対面したのは、一茶研究家の前田利治氏ただ一人であり、ひょっとして『一茶叢書』の翻刻も本書を直接参照したものではないのではないかとの疑問である。この点についてはいまのところ想像の域をでないので暫く措き、以下『だん袋』について筆者の気付いた点について述べてみたい。

我もケ様な頭陀袋

一茶が自ら「だん袋」と名づけたことにも、その意図を探る糸口があるように思える。『広辞苑』によると「だん袋」とは、「段袋（ダニブクロ〔駄荷袋〕の音便）。布製の大袋。信玄袋に似たもの。荷物袋」とある。「袋」といえば旗本根岸鎮衛の随筆『耳嚢』が知られているが、江戸時代の俳書や俳号にも『其袋』（嵐雪）、『はいかい袋』（大江丸）、安袋（元夢）、『なにぶくろ』（一峨）、『ひうち袋』（護物）など、「袋」を付けたものが多い。一茶の句にも、

行秋や糸瓜の皮のだん袋　『八番日記』文政四年八月

がある。いま『だん袋』の所収句についてみると、

芭蕉忌や我もケ様な頭陀袋　異形　『八番日記』文政四年十月

ばせを忌ニ執筆の天窓披露哉　異形　『八番日記』文政四年十月

という芭蕉忌二句（句稿第14紙）が並んでいるのに気付く。この句が『だん袋』に籠めようとした一茶の考えを示唆しているとするのはいささか唐突の感も免れないが、故山に安住して門人の家を巡り歩く文政期の宗匠一茶には、漂泊、乞食、継子一茶の心境から脱して、芭蕉の正風を心に懸けて門人にも語っていた跡が窺われ、すでに文化十年長沼経善寺で営まれた芭蕉会の折りの随想「芭蕉会偶感遺文（仮称）」があり、文化十四年には友人田川鳳朗述、広陵著、一茶校閲で『正風俳諧芭蕉葉ぶね』が刊行されるなど、一茶の芭蕉に対する欣慕の情は時雨忌に義仲寺へ急いだ若き日から終生変わらず、芭蕉忌には句を作り続け「かの向上の一路は踏みたがう事がなかった」（『おらが春』逸淵序）ことを思うと、芭蕉の存在を無視することはで

きないであろう。一峨の『なにぶくろ』の夏目成美の序（「これにいまの世の作者のことどもつつみいれたれば、清輔朝臣のとりこみぶくろも嵐雪のものぐさぶくろも、ただこの中におもいこめたり」）の顰《ひそ》みに倣《なら》えば、一茶が「だん袋」につつみ入れんと思い籠めたのは、右の芭蕉忌連作に見る、あるがままの己の頭陀姿であり、執筆の天窓披露ではなかったであろうか。この連作句からは、俳諧と仏法の一如を期す晩年の一茶が、糸瓜の皮のだん袋を首にかけて巡回行脚する己が在家姿を、畏敬する芭蕉に見てくれと言っているように思えてくる。『だん袋』には一茶の芭蕉への思いや自らのこころざしが籠められていると言ってもいいようである。そういう一茶の切実な気持ちを端的に表したのがその後の時雨忌の句であろう。

ばせを翁の像と二人やはつ時雨　『文政句帖』文政六年

旅の皺御覧候へばせを仏　『文政句帖』文政七年

句稿の作成過程

『だん袋』を構成する自筆句稿は、すでに見たように、一茶が雲士宅に宿泊の都度作成されていった。一茶は各地の門人中の主だった人々の名前で撰集させる予定だった（前掲『一茶叢書』解題）といわれ、松宇の『杖の竹』魚淵の『あとまつり』素鏡の『たねおろし』は一茶代編で刊行されたが、刊行にいたらなかったものに春耕の『菫塚』、文路の『おらが世』、希杖の『二僧塚』、二休の『ほふほけ経』、雲士の『だん袋』などがあった。これらの人々は門人であるとともに一茶の後援者であり、その家は一茶の常宿であるとともに俳書代編の書斎をも兼ねていたものと思われる。「代編書は、個人（表向きの編者）の全面的な出資による自費出版であるが」（矢羽勝幸『信濃の一茶』平成六年、中央公論社）、生涯に一冊自己の撰集を持ちたいという門人の願望が一茶を受入れ厚遇したのであろう、言わば常宿は代編の報酬の面もあったものと考えられる。雲士宅にも一茶が泊まる部屋があり、そこで『だん袋』の想が練られ句稿が作成されたものであろう。前述した雲士家の「六曲屏風」には「文政二年二月十一日夜集会分題」と題する十句の句稿の外、五句ずつ記した二点の書も貼付されているが、これらはいずれも末尾に一茶銘があるなど『だん袋』の句稿とは形式を異にしているから、『だん袋』の句稿ではなかったものであろう。「だん袋」の句稿は雲士がやみくもに集めておいた一茶遺稿ではなかったのである。

いま句稿の作成順序とその作句数を年代別にして示すと次表のようになる。

『だん袋』の年代別作句（歌）数と句稿の作成順配列

年次	発句数	俳諧歌	連句	句稿数	句稿作成順配列
文化十五年	18			4	1・3・15・4
文政二年	12			2	8・27
文政三年	35			7	20・19・9・26・13・23・31
文政四年	40	1		9	2・5・10・11・30・25・14・12・24
文政五年	25			5	16・32・17・29・34
文政六年	35	5	1*	7	18・22・21・7・28・35・33
文政七年	0				
文政八年	9			1	6
総数	174	6	1	35	

（注）句稿第1紙と第3紙と第15紙、第20紙と第19紙、第22紙と第21紙は、もとは連続していたと思われる。

＊連句の初句作成年。以後の作成年次は不詳。

右の表に見るとおり、『だん袋』の収録句は文化十五年から文政八年にわたっており、文政三年から六年にかけて句稿が集中している。このことだけからも、他の『我春集』『株番』『志多良』『おらが春』『まん六の春』などの年間句文集とは明らかに性格を異にしている。これら句文集は一茶の命名ではなく、後世の刊行者が付けた仮題であることを思うと、自ら「だん袋」と名付けて年度を越えた句集を編もうとした一茶のねらいはなんであったのか。

句稿にみる特徴——連作の存在

句稿に見るひとつの特徴は、同一の季題ごとに二、三句から数句をまとめた連作があることである。中には「蝕良夜二句」と前書きするものもあるが、それがなくても連作の存在は一目瞭然である。若干の例を示すと次の通りである（カッコ内は筆者が便宜上つけた季題と句数である）。

句稿第4紙（時鳥三句）

寝よ次郎ばか時鳥鳴廻る

石山へ雨を逃すなほとゝぎす

から崎の雨よさて又郭公
○三句目初出。一句目は異形で、二句目同形で『七番日記』（文化十五年四月）。三句とも時鳥の文字の表現を変えている。
句稿第9紙（蚤三句）
親猫が蚤をも噛んでくれニけり
寝むしろや鼠の蚤のふり所
猫の蚤こすりおとすや草原へ
○一句目初出。二句目同形、三句目異形で『八番日記』（文政三年六月）。
句稿第10紙（減暑三句）
人立も暑もへるや門の月
老の身ハ暑のへるも苦労哉
遊ぶ夜や門のあつさも今少
○二句目初出。一句目と三句目異形で『八番日記』（文政四年七月）。
句稿第11紙（露三句）
福の神ゐめため露が玉となる
世話しなの世や上る露下る露
朝露の流れ出けり山の町
○三句目初出。一句目と二句目異形で『八番日記』（文政四年七月）。
句稿第17紙（夜寒三句）
寒いのもまだ夜ばかりぞうらの山
山鳥の尾のしだりをの夜寒哉
青空のきれい過たる夜寒哉
○一句目異形で『文政句帖』（文政五年八月）。二句目と三句目初出、文政五年九月六日の日記に「雲ニ入高井山夜雪」とある、雲士宅での作か。

句稿第18紙（畑打四句）

畠打や通してくれる寺参り
杖先で打て仕廻ふや野菜畠
艸花の咲々畠ニ打れけり
二渡し越て田を打ひとり哉

○二句目と三句目初出。一句目と四句目同形で『文政句帖』（文政六年二月）。文政六年二月十一日の日記に「雲ニ入」とある、このときの雲士宅での作か。

同　第18紙（蝶四句）

御坐敷の隅からすミへ小てふ哉
籠の鳥蝶をうらやむ目つき哉
菓子盆の足らぬ所へ小てふ哉
浅黄蝶あさぎ頭巾の世也けり

○四句とも同形で『文政句帖』（文政六年二月）。

句稿第22紙（角力二句）

勝角力虫も踏まずニもどりけり
まけ仲間寄てたんきる角力哉

○二句とも同形で『文政句帖』（文政六年七月）。ほかにも角力連作がある。

句稿第30紙（朝顔四句）

朝皃の上から買ふや経山寺
蕣やおこりのおちし花の顔
あさがほの大花小花さハ〳〵し
蕣をふはりと浮す茶碗かな

○一句目と四句目は異形で、二句目三句目は同形で『八番日記』（文政四年七月）。朝顔の文字表現を句ごとに変えている。

これは例示にすぎないが、個々の句は互いに関連しあってひとつの作品（編集物）になっている。こうした連作や類題は句稿に一貫して見られ、二句のものが最も多い。このような連作や類題は一茶の好んで行った手法のようで格別目新しいものではないが、『だん袋』の場合はそれが際立って感じられる。また連作は芭蕉や蕪村にも見られるものであるが、文政期の一茶がこのように季題ごとの独詠連作を試みていることは注目されてよいだろう。連作を含む句稿もまたひとつの詩的世界を謳いあげていると見るのは、筆者の独りよがりであろうか。句稿は「だん袋」における一茶の試みが「連作」にあったことを物語っているようである。高橋庄次氏は「芭蕉の紀行作品（『野ざらし』『笈の小文』『おくのほそ道』）は旅の「小文」によって構成された連作詩篇」であるとし、「このような芭蕉らの文学運動を受け継ぎ、古代歌謡の方法を土壌にして花を咲かせたのが蕪村の連作詩篇（「北寿老仙をいたむ」「夜半楽三部曲」）であるとされるが（「発句群の中には連作詩篇がひそんでいるのか」学燈社『国文学』平成三年十一月号）、その伝に従えば「だん袋」は季題ごとの連作を中心に構成された一茶の創作詩篇であると言うことができるであろう。

句稿にみる信濃ぶり

前掲の例示を除き、『だん袋』の収録句を季題別にみると、二句以上の句（連作を含む）は次のとおりである。

梅四句、桜二句、花三句、彼岸二句、帰雁二句、蚕二句、雀二句、孑孑二句、蚊蠅二句、毛虫二句、暑し九句、月蝕二句、七夕三句、盆踊二句、蜻蛉二句、虫三句、月三句、十五夜三句、菊五句、芒二句、萍二句、八朔二句、角力五句、鹿四句、栗二句、秋の暮四句、灯籠三句、時雨三句、芭蕉忌三句、霜三句、初雪二句、雪散る三句、接待三句

など。

ついでに一句だけのものを挙げると、

正月、餅花、御慶、涅槃会、雪解、陽炎、山焼、時鳥、雉、雲雀、接穂、牡丹、袷、蚊いぶし、蟷螂、土用、雲の峰、涼み、魂祭、冷汁、清水、立秋、二百十日、十夜、十三夜、稲穂、稲の露、踊り、鈴虫、雁、案山子、砧、木の葉、大根、寒さ、木枯、野分、雪礫、雪車、霰、炬燵、かまくら、年の暮

などである。

こう並べてみると、一茶の意図がみえてくるような気がする。筆者には一茶の晩年の活動の場であった奥信濃の四季の風物が見える。なかには江戸その他を回想して詠んだもの等も散見されるが、主体は信濃であり自らの境涯であることを思うと、一茶は身近な日常の風物を通してふるさと信濃を

謳い上げようとしたのではないだろうか。そう考えてみると、句には「しなのぶり」があり、連句も「信濃ぶり」で、俳諧歌にもやはり「信濃」がある。

一茶は文政三年十一月、江戸の友人豊島久臧に宛てた手紙で、当面の編纂の予定として文路の『おらが世』、春耕の『菫塚』、素鏡の『種簓』の三部をあげているが、『だん袋』はない。まだ形をなしていなかったのであろう。手紙に「外にもさまざま江戸に参りて編むべく思い候」とあるのは、『だん袋』に先行して進めていた有力門人達のための編書が目白押しになっていた様子を物語っている。その頃、未見の書であるが長野の松木可厚編の『信濃ぶり』(鈴木道彦追善集)の刊行が企てられており、一茶にも投句の依頼があったことが入集していることから推察されるが、このことが『だん袋』の句作に影響を与えたであろうことが想像される。句稿第23紙の中に、

しなのぶり

我門や只四五本の大根蔵　異形　『八番日記』文政三年十月

かまくらや十夜くづれの明烏　初出

雪ちるや軒のあやめのから〳〵と　初出

という三句がある。この三句には句の下に「、」が打たれていないので連作と考えられるが、これは可厚の『信濃ぶり』の企画に触発されて制作された一茶の「信濃ぶり」三連作ではあるまいか。また「我門や――」を発句とする一茶と雲士の両吟歌仙も巻かれたが途中で中止された。その時期やいきさつは分からないが、あるいは可厚の右俳書が一茶に届いた文政四年八月二十六日(『随斎筆紀』)後のことかもしれない。可厚への一茶の礼状は文政五年七月二十九日に送られたが、その日一茶が雲士宅に宿泊しているのも単なる偶然とも言えない気がする(『文政句帖』文政五年七月二十九日日記)。『信濃ぶり』をめぐる可厚・一茶・雲士の繋がりが見えかくれするからである。

『だん袋』の末尾を飾っているのが次の俳諧歌(句稿第33紙)である。

木曽おろし雲吹尽す青空の
　はづれにけぶる浅間山哉

木曽というのは一茶時代の信濃を代表する霊山木曽の御岳をいうのであろう。御岳と浅間山を配したこの歌は信濃の風景を独特の大きなスケールで描写して余すところがない。歌の前に「俳諧寺入道一茶」の署名がある。俳諧寺の号は『三韓人』以来一茶が愛用したもので、この署名には俳諧と仏

法の合一を願う晩年の思想が表わされているように思われる。署名があることから一茶はこれを最後に配置して『だん袋』を締め括ろうとしたのではないだろうか。歌は『文政句帖』文政六年八月の中にあり、日記には八月十一日雲士宅に宿泊（二泊）したことが記載されているから、おそらくこの頃作られたものであろう。前掲の句稿作成経過に鑑みるとき、文政六年七月から九月に句稿が集中しており、この時期に一茶は精力的に『だん袋』のまとめに入っていたことが窺われ、この俳諧歌ができたことによって結語の完結を自ら納得したものであろう。

妻菊への挽歌

この文政六年という年は、一茶六十一歳、歳旦を妻子とともに迎えた還暦の春を寿ぎ「実に〳〵盲亀の浮木に逢へるよろこび」と述懐したのも束の間、五月には妻菊が発病後三月足らずで死亡、預けておいた幼児の衰弱ぶりに激怒して「金三郎を憐れむ」の一文を書くが、金三郎も十二月に夭折、中風の老人ただひとり取り残されるという正に断腸の年であった。この逆境の直中にあっても一茶の門人歴訪は続けられている。日記によれば、菊女死去から金三郎死去までの七ケ月余の間に在庵は五十日を数えるにすぎない。ひとりぽっちの庵の生活に耐えきれなかったのかもしれないが、門人たちとの交わりに見る旺盛な俳諧活動には目を見張るものがある。『だん袋』の取組もピッチを上げ、精魂をかたむけたことは、七月七日雲士宅宿泊の際の作成と推定される句稿第22紙、第21紙、八月十一日宿泊（二泊）の際のものと推定される句稿第7紙、第28紙、第35紙、及び九月十三日頃と思われる句稿第33紙など、矢継早に制作された句稿の内容からも窺うことができる。『おらが春』以後再び襲った不幸が老いのせまる一茶の不屈の詩魂を奮い立たせたのであろうか。丸山一彦氏が、

一茶の句境が漸く安易なマンネリズムに陥ろうとした時、その沈滞と低調化を救ったのは、皮肉にも次々に彼を襲った家庭の不幸であった。

（『小林一茶』昭和三十九年、桜楓社）

と言われたのは評し得ている。この時の妻と子を偲ぶ一連の句とやがて逝く我が身を歌った俳諧歌は『だん袋』の最後を飾っている。『おらが春』が長女さとへの愛をテーマとしその死をクライマックスとするものならば、『だん袋』は亡き妻と子をいとおしむ孤老の挽歌が最後のクライマックスとなっている。『おらが春』がさとを記念する句集だとするなら、この意味で『だん袋』は菊を記念する句集だということもできるだろう。

以下菊をいとおしむ孤老の挽歌を抜き書きする。

山菊の生たまゝや直ニ咲　　異　　『八番日記』文政三年九月

着せ綿
綿きせて十程わかし菊の花　同『八番日記』文政三年九月
玉祭
すね茄子馬役を相つとめけり　同『文政句帖』文政六年七月
艸葉から暑い風吹坐敷哉　異『文政句帖』文政六年六月
冷汁や木の下又ハ石の上　同『文政句帖』文政六年六月
ことしハ酒の相手の老妻なく
身の秋や月ハ無瑾の月ながら　同『文政句帖』文政六年八月
功成身退天道
里々を涼しくなして夕立の
ひかりしりぞく山の外哉　異『文政句帖』文政六年九月
心ちなやましかりけるとき烏鳴よからざるに
むら烏さハぐや我をとり辺の〻
けぶりの立日いづれ近かけん　異『文政句帖』文政六年九月
母ニおくれたる二つ子の這ひならふに
おさな子や笑ふニつけて秋の暮　同『文政句帖』文政六年九月
やかましかりし老妻ことしなく
小言いふ相手もあらば菊の酒　異『文政句帖』文政六年九月

句稿にみる特徴――自選、推敲、創作

句稿が明らかにするもうひとつの特徴は、一茶が収録句を自選し、推敲し、新たな句作をして句稿をまとめ、浄書していることである。句稿の作成時期は、『七番日記』の末期から『八番日記』『文政句帖』とかさなっており、句稿の句の多くは同形もしくは一部異形でこれらの句日記にあるが、句

稿のみに見られる所謂初出句も少なくない。これは句稿作成時に推敲と句作が行われたことを物語っている。一茶は普段、発句、日記などを書き留めるメモ帖を懐中にしており、毎月このメモ帖から句日記に清書するのが習いであったから、おそらく句稿はこのメモ帖から選句され、その際推敲され、新たに句作されたものであろう。句日記との異同と初出句の存在はそのため生じたものと思われる。

自筆本の伝存する『七番日記』『文政句帖』には句の上に○や〻の印が付されているものがあり、この印は一茶が自ら佳句と認めたものに付したと考えられるが、句稿の句（異形をふくむ）の大部分がこの印の句と一致しており、また文政二年の二つの句稿（第8紙、第27紙）の合計十二句中九句（ただし同形五句、異形四句）が、一茶の代表作『おらが春』に入集していることを知るとき、句稿の句は一茶が自ら佳句と評価したものであることが明らかであろう。それは「画帖として書いて人に与えたという風のもの」などでは決してない、一茶は句稿作成の都度、自作句中から佳句と認めたものを選び、推敲し、さらに新句を加えて、季題や題材に沿ってひとつの作品（編集物）に句稿をまとめ、「だん袋」を作り上げていったのであろう。付け加えれば、前出の連作「時鳥三句」「朝顔四句」の句稿に見るように、句ごとに「ほとゝぎす」「あさがお」の表記を変える芸の細かさである。（なお浄書した句稿の筆跡も文政期の一茶の筆跡をつたえる貴重な資料となるであろう。）

こう考えると、一茶が「だん袋」で試みようとしたのは、単なる自選句集に止まらない自らの自信作による年度を越えた創作句集ではなかったであろうか。

同時にその句は晩年における一茶の自句評価を示したものとしても重要であると思われる。一茶の句は二万句あると言われるが、それは句日記の多くが残っていたからであろう。しかし、その

大部分は、いわば未完成の草稿であって、世に発表されたものではないのである。――一茶の句で諸種の撰集に入れられたもの、または一茶自ら出版するつもりで選んだものは、けっしてそれほど多くはなかった。

（小林計一郎『写真俳人一茶』昭和三十九年、角川書店）

とすれば、一茶自選の句集である『だん袋』は文政期なかんずく『おらが春』以後の一茶の俳風を論ずる場合に避けて通ることの出来ない句集と言わねばならないだろう。

文政七年以後

「だん袋」の句稿は、文政七年以降は前出の同八年の句稿（第6紙）だけで、七年中にはない。この年は後妻雪女との結婚や離婚に加え閏八月には中風が再発し言語障害に陥るなど、一茶の身にいよいよ衰老が迫っていた。そんな中でも一茶は駕籠で移動しながら門人間巡回を続けている。孤独で

不自由な庵の暮らしよりその方が療養にもなり生活し易かったのであろう。六月と十月に雲士宅に各三泊しながら「だん袋」の句稿がないのは、心身の衰えからか、前年の秋にまとめを終えていたからだろうか。日記から憶測すると、この秋一茶は居心地のいい六地蔵町の素鏡宅に長期滞在して、素鏡と両吟歌仙を巻くなど、「だん袋」に先行していた『たねおろし』（前出『種篩』改題）の編纂に取り掛かっていたらしく、これを目の前にしていた内町の雲士は、『だん袋』の進行を促すためもあったのであろう、一茶になにかを依頼した形跡があることである。これを憶測させるのは次の事実である。日記は十一月一日「雲士来訪」（正覚寺）、同八日「雲士来訪」（素鏡宅）、十二月八日「雲士より手紙」、十二月二十八日「雲士に返事」、翌八年正月二十七日「吉村雲士来訪」（柏原）と雲士の頻繁な一茶訪問等を記録している。これは単なる病気見舞に止まらない事情があってのことと思われる。雲士の手紙を揮毫の依頼とみる説があるが、雲士の一茶訪問との関連からみて単なる揮毫依頼とは考えにくい。この事情を一茶の雲士宛の手紙から推測すると、手紙には「御約束の書物早速とりかかり候へども一向らち明き不申、春までにかならずしたため、しんじ申度」とある。「御約束の書物」とは何だったのか。とりかかっても一向にらちが明かない書物とは、『だん袋』に関係するものではなかったであろうか。この疑問に答える資料は見当たらない。因みに『たねおろし』は、一茶が翌文政八年三月序文を代筆、同五月編集、翌文政九年素鏡編（一茶代編）として刊行された。

一茶は文政八年六月五日雲士宅に宿泊（二泊）し『だん袋』の最後の句稿第6紙となった連作「暑し九句」を作る。この時の草稿が残っているが、そこには一茶のあくなき句作への執念と推敲の跡を見ることができる（前出『信州向源寺一茶新資料』中『文政句帖』文政八年五・六・七月分草稿）。一茶は震える手で旧作の改作をも含めて九句の連作をまとめあげ、「だん袋」の補充をしたのであろう。これを最後に以後「だん袋」の句稿はない。一茶の日記は同年十月二十五日雲士宅に六泊したことを伝えているのみで、文政九年以降は日記が現存せず、一茶と雲士の交渉を知ることができない。

宋鵗と雄士

一茶と雲士の没後、残された遺稿『だん袋』を遺稿句集『だん袋』としてまとめたのは、長沼経善寺の住職其一庵宋鵗と雲士の息雄士であった。

宋鵗は、完芳、呂芳、宋鵗と代々長沼六地蔵の経善寺の住職を務め、立花氏十三代目にあたり、鎮花とも称した。明治の廃仏棄釈の折り廃寺となり、長野市に移住して明治十年八月に六十八歳で没したという。郷土史研究の大著『科野さざれ石』を著している。一茶門人で父の呂芳とともに晩年の一茶の指導をうけたものと推察される。一茶没時の文政十年には十八歳、七年後の天保四年には一茶門人の編集する『一茶発句集』（文政版）をはるかに凌駕する八百七十六句を収録する『一茶発句鈔追加』を編み、安政二年の四十六歳のとき俳諧歌百六十首俳文十一編を収録した『一茶翁俳諧歌帖』を編集、その業績は連句の方面にも及び（「宋鵗見聞之綴」）、一茶研究の上に大きな貢献を果たした。まさにこの分野の嚆矢の人というべきである（前

田利治「其一庵宋鶴編『一茶翁俳諧歌帖』」武蔵野女子大紀要七号、昭和四十七年三月）。

雄士は本名吉村春雄、幼名千代蔵、字は伴七（六代）、二見亭、全斎と称した。雄士は俳号である。文政二年六月八日雲士（五代伴七）の二男として長沼の内町に生まれ、天保元年の十二歳のとき父と死別して家督相続、二十三歳で中郷村牟礼小川三郎兵衛の娘いよ十九歳と結婚六男三女（うち二男一女は夭折）を儲けたが、安政六年妻死去により上水内郡朝陽村石渡高山白之助叔母とき二十五歳と再婚二男一女を儲けた。経善寺の宋鶴に兄事して俳諧を嗜み、「俳諧五百四十題」「全斎雄士句集」などの著や写本もある。後述の「雄士写本」は知られている。また「経済ノ道ニ通ジ、蓄財ヲ以テ貧困者ヲ救助シ、或ハ寺院ニ寄付等ヲナセリ」（依田康資「長沼一茶社中略伝」、『長野』第三十二号、昭和四十五年七月）という。明治三十一年五月二十四日八十歳で没した。

宋鶴と雄士との交渉の初期については想像の域をでないが、経善寺は一茶雲士が出入りした寺であり、住所の六地蔵と内町は隣接の至近距離にあるから、九歳上の宋鶴は雲士の子雄士を子供の時から知っていたと思われる。宋鶴が天保四年に『一茶発句鈔追加』を編んだ時、雄士が所蔵していた一茶遺稿『だん袋』などを参照したことが推察される。時に雄士は十五歳であったから一茶と雲士の両吟「信濃ぶり――我門や」に次韻する迄にはなお日時を待たなければならなかったであろう。

宋鶴と雄士の交渉を徴する資料に、未見の書であるが、花岡百樹氏の「一茶遺稿の『だん袋』と『新家記』」がある。それによると、天保十三年雄士が宋鶴から一茶の「新家記」などの写本（実は『寛政三年紀行』の写本）を借りて筆写したことを伝えているという。この「雄士写本」は一茶の『寛政三年紀行』の自筆本冒頭部の甚だしい破損を補うのに役立っている（丸山一彦『父の終焉日記・寛政三年紀行』角川文庫、昭和三十七年）。なお花岡氏が大正七年に吉村酉三氏（雄士の六男）から右の「雄士写本」を示されて複本を作成した経緯や写本内容は、佐藤悟氏の「一茶『寛政三年紀行』花岡百樹写本」に詳しい（矢羽勝幸『一茶の総合研究』昭和六十二年、信濃毎日新聞社、所載）。また、一茶の門人で長沼西巖寺の住職鵑村が嘉永五年に発行した春興の一枚刷中に、春甫、栩斗、宋鶴、雄士などの作品も見えるという（前出、矢羽勝幸『一茶大辞典』）。なお筆者はかつて長沼の吉村順行氏（雄士の曾孫）から『全斎雄士句集』という稿本を見せて貰ったが、奥書によれば、宋鶴が明治の初め頃雄士の懇請により同人の発句綴りから三百三句を選び、春夏秋冬雑の順で季題百六十三にまとめたもので、全文宋鶴の筆で清書されており、奥書の行間からも両者が終生の師友関係にあったことを窺わせていた。

思うに宋鶴は、真摯で慎み深い文化人で「生涯に行われた俳書の編纂若しくは筆写は枚挙に暇がなく」最初の本格的な一茶研究家であったから（栗生純夫）、雄士は年少時から宋鶴に兄事しその指導と影響を受けたことは疑いがない。『だん袋』が稿本にまとめられた時期は明らかでないが、右の「雄士写本」時の天保十三年には宋鶴三十三歳雄士二十四歳になるから、翌年の一茶十七回忌、雲士十三回忌を前にして、一茶・雲士の遺志を継いで未完の両吟「信濃ぶり——我門や」に次韻して半歌仙としたうえ、遺稿『だん袋』を一冊の折本とし題簽に「脱牟含胸心」と記して追善したと考えても、あながち的外れの論とも言えないであろう。連句の巧拙のことはよく分からないが、「信濃ぶり——我門や」次韻にみる宋鶬と雄士の懸命の付け合いを見るとき、この一巻の完成によって『だん袋』がまとまったと互いに納得したであろうことが想像される。題簽の五文字は「だん袋」を顕したものと思われるが、そこにはかぎりなき欽慕の情が溢れている。

『だん袋』に見る一茶の句風

一茶研究に大きな足跡を残した前田利治氏は、江戸期最大規模の類題句集で、成美が「俳諧の夫木抄」と呼んだ太笻編『俳諧発句題叢』（前編文政三年・後編同六年刊行）に、一茶が一挙に投じた二百十三句は、制作年代寛政末期から文政初期に及ぶ一茶の充実期の自信作で、これに見られる一茶の句風は大きくA客観句、B主観句、C境涯句の三系列に集約できるとされ、要旨を次のように述べている。

Aの客観句は、清新な感性が捉えた身近な日常風景を、伝統の正格をふまえて的確簡潔に描写した珠玉の作品で、この作風は初期の作品から最晩年まで貫通していて、余裕のある正当派作家としての力量をうかがわせるに足る。

Bの主観句とCの境涯句は、ともに素材に批評、感想を加える点では同一の範疇に属するが、素材そのものに自他の区別を認めて二つの系列に分けた。この二つの系列は他俳人の句風と著しく異なる句柄のゆえに、従来一茶風と呼ばれてきたもので、この作風は句数のうえでも客観句をはるかに凌駕して一茶俳句の主流を形成している。

（前田利治『一茶の俳風』平成二年、冨山房、所載「一茶風私見」）

この見解に従って『だん袋』を眺めてみると、その作風の著しい変化に気付くのである。すなわち、ここでは右に言う客観句が所謂一茶風を凌駕して『だん袋』の主流となっている。試みに人口に膾炙している『おらが春』入集句を除いて、『だん袋』を初出とする句ほか若干の句を抄出してみる。

A客観句

山やけの明りに下る夜舟哉　同　『七番日記』（文化十五年三月）

田から田へ真一文字や十夜道　初　（文政三年九月）

朝市の火入にたまる霰かな　初　（文政三年十月）

大名を詠ながらに巨燵哉　初　類『八番日記』（文政三年十月）

朝露の流れ出けり山の町　初　類『八番日記』(文政四年七月)
梅さくやしなのゝおくも艸履道　同　『八番日記』(文政四年九月)
吹かれ行く舟や雲雀とすれ違ひ　異　『文政句帖』(文政五年閏正月)
旅人が藪ニはさミし稲穂哉　異　『文政句帖』(文政五年八月)
二渡し越て田を打ひとり哉　同　『文政句帖』(文政六年二月)
勝角力虫も踏まずニもどりけり　同　『文政句帖』(文政六年七月)
小山田や日われながらに秋の立　初　(文政六年八月)

B主観句

村中ニきげんとらるゝ蚕かな　同　『七番日記』(文化十五年三月)
盗メとの庇の餅や十三夜　異　『八番日記』(文政三年九月)
あらましハ汗の玉かよ稲の露　初　(文政五年七月)
鳴な虫別るゝ恋ハ星ニさへ　同　『文政句帖』(文政五年七月)
青空のきれい過たる夜寒哉　初　(文政五年八月)
艸花の咲々畠ニ打れけり　初　(文政六年二月)
田の人の日除ニなるや雲の峰　同　『文政句帖』(文政六年五月)
山里ハ米をも搗かする清水哉　異　『文政句帖』(文政六年七月)

C境涯句

歯ももたぬ口に晊へてつぎ穂哉　同　『八番日記』(文政三年二月)
耳一つ御かし給へ時鳥　同　『八番日記』(文政三年六月)
老の身ハ暑のへるも苦労哉　初　(文政四年七月)
はつ雪や一の宝の古尿瓶　初　異　『文政句帖』(文政五年十月)
小言いふ相手もあらば菊の酒　異　『文政句帖』(文政六年九月)

右に見るとおり依然として個性的な一茶風も見えるが、全体として前記『俳諧発句題叢』に見られるような強度の一茶風は少なくなり、主観をおさえた静かな句が増えているように思える。丸山一彦氏は、つとに一茶には所謂一茶調とは異なる佳吟のあることを指摘されていた（前出『小林一茶』所収「一茶と芭蕉・蕪村」）が、右の客観句や前掲の連作中にみられる句風は、やはり正統の俳諧教養なしには至り得ない句境であって、文政期とくに『おらが春』以後における一茶の俳風を如実に示している。管見のかぎりであるが、これまで『おらが春』以後の一茶に対する大方の研究者の評価は、「過去の反芻」、「利息生活」、「見るべき作なし」と否定的なものが多かったが、小林計一郎氏は早くから『八番日記』以後の句には「人生の苦を味わい尽くした一茶の口から、おのずからあふれ出たような佳句」があり、「最も俳諧らしい佳句もこの時期に多い」と指摘され（前出『写真俳人一茶』）、丸山一彦氏も、

ひき続き旺盛な作句力を示しているが、作風の停滞・弛緩を招き、ようやくマンネリズムの傾向をしめしてくる。……しかしその中にあって、亡き子をいとおしむ愛惜の情や、郷土の風物を詠んだ句だけは、さすがに珠玉のような光を放っている。（前出『新訂一茶俳句集』解説）

と評価されている。『だん袋』は両氏の言われる意味でまさにこの時期における珠玉のような作品集と言えるのではあるまいか。妻子の相次ぐ死没と中風再発の逆境にもめげず俳諧一筋に生き抜いた一茶が、迫りくる衰老と孤独のなかで自選創作したのが「だん袋」であった。そこには一茶を育んだ信濃の風光と愛して失われたものたち、ひとりぼっちの人生と友、花、鳥、虫、四季の風物などが詠みこまれた。それは一茶の四十年の俳句人生の棹尾を飾る光芒であるとともに、一茶にとって最も輝かしい信濃における晩年を記念する一茶俳句のアンソロジー（詞華集）であったと言えるのではないだろうか。

おわりに

『だん袋』は雄士の六男の吉村酉三に伝えられたが、同人は東京専門学校を卒業後十九銀行に勤務、昭和三十三年二月十四日八十四歳で没した。同人の一子武生は俊才の誉れ高く松本高等学校から東大に進み卒業後日本銀行に勤務したが、戦時中病を得て父に先立って四十七歳で早世した。妻洋子は戦中戦後の苦しい時代に、夫の看病、残された四人の子女の養育、義父母への孝養を、天性のやさしさと明るさで果たした最後の明治の女であった。昭和四十一年十二月十一日洋子が五十九歳で亡くなった時、そこに一冊の句帖が残された。酉三が日頃「門外不出」と言っていた『だん袋』であった。すでに四人の子女は嫁いでおり、洋子は吉村酉三家の最後の人であった。それ故『だん袋』を見るとき、母洋子の思い出とともに酉三家の祖先たちが偲ばれるのである。

洋子の没後『だん袋』は四人の子女が相続した。以来三十年の歳月が流れた。その間に『だん袋』を尋ねて訪れた一人の大学教授があった。一茶研究家の前田利治氏である。長女の夫の私は妹からの連絡を受けて銀行の貸金庫から『だん袋』を取り出してお目にかけた。そのとき氏から宋鵗のことや一茶勉強の参考書などについてうかがったが、『だん袋』について言われた「一茶のアンソロジー」というききなれない言葉だけが不思議に耳に残った。間もなく氏から宋鵗の『一茶翁俳諧歌帖』の抜刷や栗生純夫氏の『一茶十哲句集』（昭和十七年、信濃郷土誌出版社）のコピーなどを送って頂いたが、その後お会いすることもなく忙しさに紛れていた。再び氏の名前に接したのは、偶然本屋で氏の『一茶の俳風』（平成二年、冨山房）を見つけた時であった。手にとって遺稿集と知ったとき愕然とした。いつか時間ができて一茶研究に取り掛かるときが来たら、先ずお会いしたい人であった。この残念な気持ちは私を急速に『だん袋』に向かわせるきっかけになった。

前田氏が一茶研究で果たされた業績も初めて垣間見ることができ、氏が『だん袋』を尋ねてはるばる足を運ばれたことの意味もようやく理解できたような気がする。既に『だん袋』は氏の研究の射程内にあったのである。氏の五十一歳の逝去が惜しまれてならないが、氏が残された「一茶のアンソロジー」という言葉をたよりに、多くの先学の研究に学びながら拙い一文を書き終えたいま、浄土の氏は何と言われるだろうかが気掛かりである。

（一九九六・二・六）

（『長野』第一八九号、平成八年九月）

附録

一茶と軽井沢

碓氷峠

奥信濃の柏原の農家に生まれた弥太郎は、十五歳のとき江戸に奉公に出た。

三歳で母を失い祖母に育てられた弥太郎は、八歳で継母を迎えるが、二年後に異母弟仙六が生まれると継母との仲は悪化し、十四歳の時祖母が亡くなるに及んで、家庭の不和の解消のため故郷を出なければならなかったようである。

藤沢周平氏の小説『一茶』は、牟礼の宿の手前の桃の花の咲く丘のほとりで、そこまで息子を送ってきた父弥五兵衛との別れの場面から書き出している。

> ——あの山の向こうに、江戸があるのか。
>
> と弥太郎は思った。するといつものぼんやりした不安と心が躍るような気分が襲ってきた。弥太郎はいそいで坂道を駆け降り、赤渋村の男（同行者）を追った。さっき桃畑のそばで泣いたことはきれいに忘れていた。悄然とした後姿を見せて牟礼の方に引返して行った父親のことも、ほとんど忘れかけていた。

この弥太郎、後の小林一茶の出郷は、北国街道を下り、長野、坂城、上田、小諸を経て、追分宿で中仙道に入り、浅間山の裾野に点在する追分、沓掛、軽井沢（浅間三宿）を通って、国境の碓氷峠を越えたと思われる。

江戸時代の碓氷峠は、東海道の箱根と並び称せられた中仙道の難所で、峠の西麓の軽井沢から峠を越えた上州の坂本までは二里半十六町二十七間（十一・二五キロ）と長く、高い標高と、山また山の嶮難な坂道であったから、起点の軽井沢宿は、本陣、脇本陣、旅籠屋、茶店などが軒を連ね、町並六町二十七間の宿場町として、東の坂本宿と共に賑わっていた（『中山道宿村大概帳』天保十四年）。

安永六（一七七七）年春のことで、天明三年の浅間山大爆発の六年前であるが、すでに火山活動は盛んで、この年も「焼けること数次」という記録が残っているから、雄大な噴煙をあげていたことであろう。少年弥太郎は、初めて見る浅間山の噴煙に瞳をこらしながら、早春の山麓を通り抜けて、軽井沢宿のはずれから旧道の峠路を登り、頂上の熊野権現（現熊野神社）に詣で、妙義山の彼方の江戸を目指して刎石山を越えて行ったことであろう。この初めての峠越えの時、弥太郎は軽井沢宿に泊ったのではなかったであろうか。

佐久俳壇への登場

江戸に出たあとの十年間の消息は不明であるが、後年の回想によれば、

　巣なし鳥のかなしさは、ただちに塒に迷ひ、そこの軒下に露をしのぎ、かしこの家陰に霜をふせぎ、あるはおぼつかなき山にまよひ、声をかぎりに呼子鳥、答へる松風さへもの淋しく、木葉を敷寝に夢をむすび、又あやしの浜辺にくれは鳥、人も渚の汐風に、からき命を拾ひつつ、くるしき月日おくるうちに、ふと諧々たる夷ぶりの俳諧を囀りおぼゆ。（『文政句帖』）

とある。多分に誇張と粉飾されてはいるが、当時江戸に流入した出稼人の多くがたどった困窮と流浪の生活のうちに、何かのきっかけで俳諧と出会った弥太郎が、何時の間にか「夷ぶりの俳諧師」の群れに身を投じていたというのが事実なのであろう。

天明七年に刊行された南佐久郡上海瀬の新海米翁の米寿記念集『真砂古』に入集した、

　是からも未だ幾かへりまつの花

の作者「渭浜庵執筆一茶」は、柏原を出てから十年後の弥太郎である。葛飾派という江戸蕉門一派の渭浜庵素丸の門にあって、一茶を称し、執筆（書記役）に抜擢されるまでになっていたのである。句は一茶作品の初出であり、信州佐久の俳壇への初登場であった。

恋の峠

一茶が師の溝口素丸に「留別渭浜庵」の一文を残して初めて帰郷し、父母との再会を果たしたのは、寛政三年二十九歳の春で、江戸へ出てから十四年ぶりのことであった。この旅をまとめたのが『寛政三年紀行』であるが、この『紀行』は、単なる旅の日記ではなく、旅の見聞と発句をまとめた小文を繋ぎ合わせた、芭蕉の『おくのほそ道』や鎌倉時代の紀行文『海道記』などに倣ったもので、郷里に錦を飾ろうとする若き俳諧師の意気込みを伝える一茶の処女作品である。途中妙義山に登り生命がけの登山を体験し、その翌日の峠越えの条を次のように書き出している。

　（四月）十六日碓氷峠にかかる。きのふの疲れに急ぎもせぬ程に、はや太山鳥は夕を告げて、雲を洩る日は渓にかたむく。「せなのがそでもさやにふらしつ」といふ万葉集の姿も、けふ日の暮の景色に思ひ添へて、千歳のいにしえなつかしく、絶頂に有るは国分仁王といふ。朝夕の雲雰にふりて、いと殊勝也。

ここには江戸時代における『万葉集』の再評価と一茶の勉強の跡が見え、万葉の東歌が引用され、峠に祭られていた国分仁王についての記述がある。山頂は信州佐久郡と上州碓氷郡の国境であったから国分仁王と呼ばれたのであろう。『木曽名所図絵』（文化二年刊）には、熊野権現より少し東方の峠町の入口に鳥居のある仁王堂が描かれている。今は礎石のみ残り、仁王の腐食した残骸は熊野神社額殿内に現存されているという（丸山一彦『父の終焉日記・寛政三年紀行』角川文庫、昭和三十七年）。

万葉集には碓氷峠の恋歌が二首あり、一茶が引用したのはその一つであるが、今では峠の見晴台に歌碑が建てられている。

　日の暮れにうすひの山を越ゆる日は
　　せなのが袖もさやにふらしつ　（巻十四）

ひなくもりうすひの坂を越えしだに
妹が恋しく忘らえぬかも
（巻二十）

うすひの山は、日本武尊が、東征の途中相模灘で失った弟橘姫を偲んで、三たび「吾妻はや」（ああわが妻）と嘆かれたという故事の地で、これより山の東の地方を吾妻（あづま）の国と称するようになったと伝えられ（『日本書紀』）、これに因んだ吾妻郡、吾妻町、嬬恋村、四阿山などの地名や山名も残っている。碓氷峠については、碓日坂（『日本書紀』）、宇須比坂（『万葉集』）、臼井坂（『東鑑』）など、時代により書物によりさまざまの書き方がなされており、また古代から中世の「碓日の山」が何処にあったかについても諸説があり、古代の東山道の「碓日の坂」ははるか南の「入山峠」ではないかともいわれているが、それはともかく、「うすひの山」は『万葉集』が編まれる以前から恋の山であり、恋の峠として民衆に親しまれていたのであった。江戸時代になって五街道の一つとして中仙道が定められると、碓氷峠は古代の「うすひの山」と考えられるようになり、浅間山とともに歌枕、俳枕となり、恋の峠として多くの歌や句に詠まれてきた。

江戸天明期の俳人加舎白雄（信州上田藩出身）も次の句を残している。

碓氷峠にて
鄙曇かならずよ山時鳥
（安永三年・三十七歳の作）

鄙曇（ひなぐもり）は薄日の意から碓氷にかかる枕詞で、右の万葉の歌の後者をふまえており、時鳥（ほととぎす）については、万葉の弓削皇子と額田王の相聞歌に「いにしへに恋ふらん鳥はほととぎす」（巻二）のあることは知られている。時鳥も古代から恋の鳥であった。白雄の句は、ひな曇りの峠路を行けば、あの山時鳥がきっと鳴いてくれるにちがいないとの願望をこめている。恋の峠で恋の鳥を思う白雄の佳句。「鄙曇必与山時鳥」と書かれた白雄自筆の句碑が上田市のお城の本丸跡にある。因みに、白雄は一茶が最初の帰郷をした寛政三年の九月に五十四歳で没している。一茶は白雄門ではないがその句風を学んでおり、知己友人には白雄の高弟も多い。後年一茶は江戸俳壇引退記念に出版した『三韓人』に白雄の作品と没年を掲げて同郷の先輩を追慕している。

恋の軽井沢

一茶は後に述べるように、足しげく江戸と郷里との間を往復したが、その都度碓氷峠を越え、坂本、軽井沢、沓掛、追分の宿にも泊まり、多くの句を残した。特に軽井沢宿は一茶にとっては思い出の多い宿場であり、恋の軽井沢として印象付けられていたようである。これを思い起こさせるのは次の句である。

はつ雁も泊るや恋の軽井沢

文政二年九月の作であるから、郷里定住後の回想吟であると思われるが、『八番日記』にはこの句を挟んで前後に左の二句が並んでいる。

雁鳴やなんなく碓氷越たりと
雁急げ追分陰る坂木てる

生涯旅の詩人であった一茶にとって、雁はとりわけ親しい心の友であった。西国行脚以来一茶の雁の句は数えきれないが、「けふからは日本の雁ぞ楽に寝よ」「雁よ雁いくつの年から旅をした」と話し掛け、「帰る雁浅間のけぶりいく度見る」と問い掛けるとき、一茶は雁になぞらえて自分の旅を想起していたのであろう。右の三連作には峠越えの無事を喜び、故郷の柏原に急ぐ一茶自身の姿が看取される。「はつ雁も」の句については少年の日初めて泊まった軽井沢宿の思い出がこめられているのかも知れない。夏目成美ならば「上吉、君の御家のもの、恋の軽井沢とは妙、旧懐おのづから聞ゆ」とでも評するであろう。私には少年の弥太郎が「一本刀土俵入り」の茂平の姿と重なって見えてくるのである。宮坂静生氏は最近の本で「ことしはじめて日本の地へ飛来した雁も軽井沢宿は通りすぎることはできまい。雁の共寝にふさわしいのがこの宿。おじゃれ（飯盛女）相手に一夜の宿はやきもち焼の浅間山（あさましい山）がぽっぽと燃えている」（蝸牛俳句文庫『小林一茶』平成九年、蝸牛社）と現代的の解釈を与えられている。この句は一茶も気に入っていたらしく、後に次のような改作類句がある。

行雁の下るや恋の軽井沢

『文政句帖』文政五年閏一月

行雁も下るや恋の軽井沢

『だん袋』文政五年閏一月二十八日

私見ではあるが、一茶はその生涯に、交遊諸家の句を集めた撰集以外、自らの句集というものは一冊も刊行したことはない。その名を不朽なものにした『おらが春』も没後に門人の著したもので、題名も門人の命名である。文政のころ、一茶は自らの撰による創作的発句集を企てていた形跡があり、その草稿を自ら『だん袋』と題し、門人の雲士に保管させていたが、草稿半ばで没したのでその実現をみなかった。没後草稿は、門人の宋鵗と雲士の子雄士によって一茶遺稿句集『だん袋』にまとめられた。右の「行雁も」の句はその中にある。

浅間の惨禍

『寛政三年紀行』で注目されるのは、峠越えの後半の「浅間の惨禍」の記述であろう。天明三年の浅間の大噴火は関東一円に火山灰を降らせたというから、おそらく一茶も江戸でこれをあび、伝えられる惨害をひとごとでない思いで聞いていたことであろう。それから八年後、なおも荒涼たる姿を留めている碓氷峠の惨状を目の当たりにして、強い衝撃をうけ、大爆発の惨禍を克明に生々しく再現した。そのリアリズムの立場は明治時代の自然主義文学を先取りしている。少し長いが丸山一彦氏の現代語訳で見ると以下のとおりである。

このあたりは過ぎし昔、浅間大噴火の際に火山灰が降って、人を悩ました巨岩大石も跡形もなく埋まり、牛を隠すほどの大木も白々と枯れて立っている。あれから十年近くになるが、そのほとぼりはまださめず、囀る鳥も少なく、地を走る獣の姿もごく稀である。しかしその時生き残った人たちの作った里と見えて、新しい家が四つ二つ点々と見える。思い起こせば、過ぎし天明三年六月二十七日から、山はごろごろ鳴り、地はゆらゆらと揺れ動いて、日を経ても止まず、人々は戦々兢々として薄氷を踏むがごとく、また嵐に揺れる樹上に身を置いたかのような思いがして、このまま世が滅びるのではなかろうか、天が落ちかかってくるのではなかろうかと、まったく生きた心地もなかった。さればといって避難すべき場所もなく、□□が朝日の昇るのを願い、蜉蝣が夕べを待つような思いで、ただ死に支度をするよりほかはなかった。ところが七月八日の午後四時ごろに、俄然大爆発が起こり、猛り立った噴煙は人家を包み、猛火は天を焦がし、大石が民家に落ちて、のがれ出る余裕もなく、煮え沸った溶岩の流れは大河となって押し出し、石は燃えながら流れ、その灼熱の流れは上野吾妻郡に溢れ入って、見る見るうちに沿岸の村里を押し流し、あまたの神社仏閣もこれがために亡び、千歳を契った深い夫婦仲も、ただ一時の水の泡とはかなく消えて、朝夕神と敬った主人も、長年杖と頼んだ召使も、互いに助けるいとまもなく、あれよあれよと言うまに、生きながら永の別れとなってしまった。あるいは母の亡骸の乳房にとりすがったまま、母子ともども押し流されるのもあり、あるいは財布を抱えて溺れる者もあり、人も馬も皆利根川の藻屑となって漂い流れる。古歌にもあるように、堕ちてしまえば、王侯も土民もまったく区別がないという地獄の底の有様を目の前に見ようとは、まことにいたましい限りである。たまたま生き残った者も、けっきょくは孤独の身の上となって悲嘆にくれるばかり。今こうして物語りに聞いてさえ（身の毛もよだつ思いがするのに）、ましてその時その身で直接このような惨事に遭遇したならば、どんなに恐ろしい思いがしたことであろう。その日は軽井沢に宿った。

この日一茶が泊まった宿の名はわからないが、わたしは白木屋小林清八方ではなかったかと推定している。白木屋は代々宿場の宿屋で、主人の清八は俳号を何鳥といい白雄系の俳人であったといわれ、一茶とも親交があったことが一茶の『知友録』などからも窺えるからである。因みにその子亀蓬、孫の玉蓬ら一族もみな俳句をたしなみ、旧軽井沢の中仙道沿いにある芭蕉の句碑「馬越さへ眺むる雪の朝哉」の建主は玉蓬である。いまも旧道本町通りにはその子孫の店である土屋写真館が現存している。

一茶はこの夜、何鳥や宿の人々などから直接体験談も聞き、右の一文に精根をこめたことであろう。文章も迫力に満ちており、なみなみならぬ熱意と一茶の人間性を感じさせる名文である。この文章が書かれた翌年の寛政四年、九州では雲仙・普賢岳の眉山崩れによる大惨事が起きた。世にいう「島原大変」である。それから約二〇〇年後の一九九一年、再び雲仙・普賢岳の悲劇が繰り返された。「平成島原大変」といわれた火砕流による大惨事である。耳慣れない「火砕流」という言葉が登場し、何時起こるかわからない溶岩ドームの崩落と火砕流の恐怖に全国民がテレビの映像に釘付けられたことは記憶に新しい。一茶の一文は、天明三年（一七八三）の浅間山大噴火において、溶岩流の噴出（鬼押し出し）と共に火砕流が発生したこと（上野吾妻郡）、また更に土石流も襲ったこと（利根川の藻屑）を赤裸々に伝えており、特に災害から八年後の碓氷峠の状況についての記録は貴重な資料と言うべきであろう。普賢岳であったことがまたいつ浅間山にないとも限らない。軽井沢を愛した寺田寅彦は警告している。

　きのうあった事はきょうあり、きょうあった事はまたあすもありうるであろう。考え得らるべき最悪の条件の組み合わせがあすにも突発しないとは限らないからである。同じ根本原因のある所に同じ結果がいつ発生しないと保証はできないのである。

と(「函館の大火について」『中央公論』昭和九年五月号)。

一茶が碓氷峠を越えた回数

寛政三年の帰郷の翌年、足掛け七年に及んだ西国行脚の旅に出た一茶は、旅の終わりの寛政十年七月ごろ木曽路から郷里に立ち寄り江戸に帰ったといわれている。また、享和元年には父弥五兵衛の最後をみとり、後に『父の終焉日記』と呼ばれる手記をまとめているが、これらの帰郷の際にも碓氷峠を越えたことが推定される。文化文政期に入ると『文化句帖』『七番日記』『八番日記』等の一茶句日記が多く遺っており、それには宿泊地等が克明に記載されているから、一茶が何時碓氷峠を越え何処に泊まったかまで、かなり正確に知ることができる。それによると、文化四年の父の七回忌法要での帰郷から文化十年郷里に定住するまでの間に、前後六回にわたり江戸と柏原を往復していることがわかる。その目的はもっぱら父弥五兵衛が死に臨んで一茶に与えた遺言状の実行のためであった。遺言状には田畑家屋敷は弟仙六と半分ずつ分けよと書かれていたらしい。父の死後江戸に帰った一茶は、年来の望郷の念に加えて江戸になじめぬ独り暮らしに見切りをつけ、郷里の家で暮す希望を深めて行く。七回忌法要のとき財産分けの話を切り出したが、弟や義母の拒否反応にあい、「たまに来た古郷の月は曇りけり」と嘆いて空しく江戸に帰った。一茶は四十五歳になっていた。以後遺言の実行を求めて再三再四帰省を繰り返し、苦しく長い交渉の結果、ようやく弟との和解を成立させ、遺言どうり家と田畑等を折半して郷里に定住することができたのは、文化十年一茶五十一歳の正月のことである。翌十一年常田菊二十八歳と結婚、奥信濃の門人の家を巡回して生活をする一方、江戸俳壇引退記念集の出版や門人の俳書出版などで毎年のように江戸に出掛け、文化十四年七月最後の帰郷迄に、三度に及んだ。こうして一茶が生涯に碓氷峠を越えたのは、ざっと数えただけで、江戸に向かって(下り)十三回、郷里に向かって(上り)十一回の計二十四回にのぼる。上り下りの回数が違うのは、西国行脚の帰路木曽路経由の帰省と文化五年草津経由の帰省は碓氷峠を通過しなかったものとし、その余の往復はすべて碓氷峠を通過したものと推定したためである。

一茶の軽井沢の発句

一茶の碓氷峠、浅間山、軽井沢、追分等に関する句は意外に多い。「前書」の記載からそれと判るものや句自体から明らかなものだけでも、ざっと数えただけでも四十句を優に越えており、その制作年代も寛政四年(三十歳)から晩年の文政八年(六十三歳)に及んでいる。ここではそれ等の句を一括して軽井沢の発句と呼ぶこととする。この一群の句は、その時々に於ける一茶のありのままの自己表現であり、臨場感にあふれ、軽井沢の特徴もよくとらえている。なかには「有明や浅間の霧が膳をはふ」や「霜がれや鍋の炭かく小傾城」のような、所謂「一茶風」と呼ばれる句とは一味異なった叙景句も多い。また遺産問題で江戸と郷里を往復したときの作は、明確な作成時期とともにその時点における一茶の心情を覗かせていて興味深い。一茶の軽井沢の句を並べてみると、一茶がこれほど多くの句を作った土地は他にはないのではあるまいかと思えてくる。その約半分が郷里定住後の作であることを思うと、浅間と峠と軽井沢は、一茶にとって忘れがたい思い出の地であったことが推察される。おおげさに言えば、一茶の俳枕のメッカは月の姥捨でも、仏の善光寺でもなく、おそらく浅間と峠の軽井沢ではなかったであろうか。俳句をやらない素人ではあるが、以下一茶の句作のあとをたどりながら、気付いた点を述べてみよう。

畠打が焼石積る夕べかな

前書に「浅間山の麓過る時」とあり、寛政四年の作。『寛政句帖』所収。一茶三十歳。西国行脚の旅に出た年である。前年『寛政三年紀行』の旅で碓氷峠を越えた一茶は、天明の浅間の大爆発によって変わり果てた峠の惨状に驚愕して、「浅間の惨禍」の一文を草したが、その時は句が出来なかった。それが一年後に掲出の句に結晶したのであろうか。句は西国行脚の門出の句「剃捨て花見の真似やひのき笠」の後にあり、「父ありて母ありて花に出ぬ日哉」や「伊香保根や茂りを下る温泉（の）煙」等の句が続いているのを見ると、西国への出発の前にもう一度帰郷し浅間山麓を通ったことも考えられそうである。

掲出の句からは、暮れてゆく浅間山を背景に、焼け石（火山弾）を積み上げている農夫（おそらく夫婦であろう）の姿が、薄暮の残照のなかに黒いシュルエットとなって浮かび上がってくる。あたかもミレーの絵を思わせる情景である。奥信濃の寒村出の農民詩人の眼は、被災者への同情と土への執着に注がれている。一茶はその後も浅間山の麓を通り過ぎる都度、災害地の農民や復興してゆく田畠を句にしている。しずかにのぼる浅間のけむり、夜を徹しておどる農民、平和な田園風景に向けられた一茶の目は温かい。

おどる夜や浅間の砂も廿年
菖蒲ふけ浅間のけぶりしづか也
なの花の中を浅間のけぶりかな
浅間根のけぶる側まで畠かな

湧清水浅間のけぶり又見ゆる

文化元年六月十六日作。『文化句帖』所収。この頃田川から成田経由で帰庵した一茶は、江戸にいて「湧清水」の句を幾つも作っているから、この旅の何処かで湧き清水に出会ったものと思われ、掲出の句は連想句と思われる。同月八日にも「清水湧翌の山みて寝たりけり」という句がある。この「翌の山」とは何処の山かわからないが、一茶は浅間山麓の湧清水のことを夢に見ていたのかもしれない。或いは砂を盛り上げて湧く清水を見て浅間の噴煙を思い出したのであろうか。掲出の句をどう解釈すべきかはわたしにはわからないが、湧き清水といえば、霧とともに軽井沢の名物ともいうべきものである。熊野神社元宮司の水沢邦嵩氏によれば、碓氷峠付近の湧き水については、神社の東側を坂本宿の方へ少し下った所にある碓氷川の源泉は、昔から清冽な清水が大量に湧出しており、江戸時代の旅人や峠町の人々の生活用水に利用されていたというから、一茶もこの清水で喉を潤したことであろう。後年斎藤茂吉は「碓氷川の水の源はおのづから砂もりあげて湧きいでにけり」と歌い、水辺には軽井沢の泉喜太郎氏が建てた水神の碑（尾崎咢堂書）や相馬御風の歌碑もある。しかしこの泉からは浅間山は見えないはずだから、煙の見える湧清水は別の小さな清水のことかも知れない。吉田絃二郎は「依田老人の話」という随筆の中で、「噴火口から流れ出した溶岩と溶岩の間には、今でも石楠花が咲き、真清水が湧いている。夏の暑いさかりでも溶岩の間の真清水は氷のように冷たい」と書き、ある若者が溶岩と溶岩の間に頭を突き込んで冷たい清水を腹一杯飲んだが、さて首を出そうとするとどうしても首が抜けない、とうとう馬で石工を連れて来てノミで石を割って助け出した。という依田老人の笑い話を紹介しているが、浅間山麓には多くの湧き水があるから、一茶の句の「湧清水」もそんな清水の一つだったのであろう。

牛の汗あらし木がらし吹きにけり

越て来た山の木がらし聞夜哉

文化四年十一月二日の作。前書に「峠二日」とある。『文化句帖』所収。一茶は同年七月父の七回忌で帰省した際、遺産分けの話を切り出したところ、弟と義母の頑強な抵抗にあい、話も出来ずに江戸に帰った。しかし、胸がおさまらないので、十月末再び郷里を目指した。「国に行かんとして心す、まず、本郷の先より王子かぎ屋に休む」と日記に記すほど気も足も重い旅であった。安中で雨となり、碓氷峠はあらしになった。前書の「峠二日」は峠越えに二日かかったとの意である。晩年の作の「寝た下を凩づうん〳〵哉」はこのときの追想句であり、前書に「宿山寺」とある。山岸梅塵の『一茶発句集続編下』では前書を「宿臼井峠」としているから、一茶が峠の山寺で凩の一夜を過ごしたことは明らかである。掲出の二句は『文化句帖』の十月三十日の項にあるが、これは後日清書の際誤記したものと思われる。一茶も日付けの間違いに気付いて「一日違也」と書いている。即ち日記に「三十日　晴　折々雨　安中常磐屋泊」とあるのは、三十一日の誤りであり、その翌日の十一月一日（空欄）が碓氷峠の山寺で泊まった日である。従って掲出の二句は、十一月二日軽井沢に着いてからの作と思われる。

こんな思いまでして十一月五日柏原に着いた一茶を待っていたのは、「古郷人のぶあしらい」であり、「しなの、山も夜の雪」であった。「心からしなの、雪に降られけり」はこの時の作。帰路同月十五日軽井沢宿の白木屋清八に泊まる。

雪ちるやしなの、国の入り口

「ふるさと」と呼ばずに、「信濃」の雪と叙する一茶の心理、突き放したような詠みぶりにも茫然と自失したような虚ろさが感じられる。

（栗山理一『小林一茶』昭和四十五年、筑摩書房）

昼顔やけぶりのかゝる石に迄

前書に「浅間山」とある。『文化五年六月句日記』所収。同年七月の祖母の三十三回忌で帰郷した際の遺産分割交渉で、仙六側も折れて、父の遺言通り田畑山林家屋敷を折半にするとの合意ができ、親類立会いで双方が署名捺印した「取極め一札之事」という文書が村役人に提出された。しかし、これにて一件落着したのではなかった。一茶が「取極め」の外に、父の死後「取極め」までの七年間の小作料と家賃相当の損害として三十両の支払いを要求したからである。この過去の精算要求は当然仙六や義母の激しい拒絶にあい、折角約束させた財産分割まで暗礁に乗り上げさせてしまった。そのため一茶はさらに四年間の江戸住まいを余儀なくされ、文化十年一月最終的決着をみるまでには、更に四度江戸柏原を往復して交渉を続けることになる。この年の暮、交渉をあきらめて江戸に帰った一茶は「雪雹うしろ追れて六十里」と詠んだ。

掲出句は、浅間山の溶岩塊や溶岩礫を包んでヴェールのような白い噴煙がながれてくるあたりまで、昼顔がはいのぼってゆく情景の描写。「小浅間」における寺田寅彦の世界を思い出させるような一茶の観察力である。そこには昼顔のたくましい生命力とこれにあやかろうとする一茶の心境がのぞく。後に代表作『おらが春』（文政二年）に浅間山と前書して次の改作句を収録した。

昼顔やぽつぽと燃る石ころへ

蚊の声やほのぼの明し浅間山

『文化六年句日記』所収。一茶は文化六年ごろには郷里帰住を真剣に考えており、今年こそ腰を据えて遺産問題を解決し、同時に郷里の生活の基盤となる奥信濃における一茶社中を広げておこうと、四月はじめ長期滞在の予定で江戸を発ち、同月七日追分宿のこくや宗左衛門に泊った。何故か「悪宿也」と日記にある。この句はその翌朝の嘱目吟かとも考えられる。ほのぼのと明けてゆく浅間山の外景と、ほの暗いなかに聞こえる蚊の声を内景に、山麓の宿場の静かな早朝の情景を的確に捉えている。一茶の「軽井沢の句」にはこのような所謂一茶風とは異なる名吟がある。難路の碓氷峠を越え、雄大な火の山と裾野に展開する佐久平の彼方に故郷の山を望むとき、おのずから詩心が燃え上がるのであろうか、この時一茶の胸中には、帰住後の生活にたいするあたらしい希望が見えはじめていた。この帰郷中に長沼の門人村松春甫の『菫草』の編集を終え、その刊行を機に郷土の一茶社中を結集しよう。一茶は床の中でこんな構想を描きながら宿場の朝を迎えたのであろうか。同月十日柏原に着いた一茶は、実家の前を素通りして二の倉（母の実家宮沢家）に泊まる。そこから毛野、長沼、江部、六川、紫などの門人宅を勢力的に廻り歩き、五月八日柏原に入ったが、この時も実家には寄らず桂屋（中村二竹）、二の倉、実家の東隣の園右衛門等に泊り、借家までして長期戦の構えを見せるが、弟との交渉は進展せず、専ら門人巡回や『菫草』の編集に忙しく、秋になってから江戸に帰った。しかしこの帰郷で郷土に於ける一茶社中の基礎はほぼ形成されたとみられる。そしてこの新しい門人獲得と指導を通して、一茶の句もそれ迄の一茶風とは異なった作風を強めて行く。その傾向は掲出句や軽井沢の句のなかにも見ることができよう。

夕月のさら〳〵雨や菖蒲ふく

今来るは木曽夕立か浅間山

浅間から別れて来るや小夕立

長閑さや浅間のけぶり昼の月

大まぐろ臼井を越て行としぞ

碓氷山にて

大山に引付て行く扇哉

浅間山の下を通りて

山けぶり扇にかけて急ぐ哉

暮行や扇のはしの浅間山

文化七年五月の作。『七番日記』所収。今日は今日はと遅らせていた気の重い旅の出発を、ようやく決意して梅雨空の江戸を発ったのは五月十日。上尾で雨にふられ、川留めに遇い、疫病の宿場を過ぎて、ひたすら郷里に向かって歩いた。やっとの思いで五月十三日巳刻碓氷の関所を通り、噴煙を上げている浅間山に扇をかざしつつ、三宿も素通りして一気に小諸まで足をのばし、暮れかかる頃加賀屋伊左衛門方で草鞋を脱いだ。掲出の連作はこの日の歩行吟。一茶は普段江戸柏原間六十里を平均七日で歩いている。すなわち一日の歩行距離は八里半位である。この日一茶が歩いた松井田から小諸までは十一里二丁である。しかも難路の碓氷峠越えがあり、「草鞋ずれの足」を引きずっての距離である。この距離には一茶の心理が反映している。心を占めているのは遺産問題である。折半の約束はできたが、いざ実行となると容易ではなかった。仙六らの抵抗にたいする不安と苛立たしさがある。かざして行く扇にかけてもこんどこそは決着をつけなければならない。噴煙を上げる浅間は阿修羅のように見え、山麓をゆく足は自然に速くなる。この三連作は一茶の気持ちをよくあらわしている。かくして十八日「鳩のようにふくれた足」をひきずって実家を望む峠にたどりつくが、家には立ち寄らず野尻まで行って泊る。翌日先祖の墓に詣で、名主の嘉左衛門に挨拶して我が家に入った。果たして「きのふ心の占のごとく、素湯一つとも云はざれば、そこそこにして出る」。

「古郷やよるもさわるも茨の花」はこの時の作。『株番』の左の句も関連句。

修羅といふ題をとりて

腹中は誰も浅間のけぶり哉

有明や浅間の霧が膳をはふ

文化九年七月の作。『七番日記』所収。『株番』には「軽井沢」と前書。浅間山麓から湧く霧は深い。浅間の霧というとき、軽井沢文学に関心を寄せたことのあるひとなら堀辰雄の『美しい村』を思い浮かべることだろう。山麓の霧を歌った歌や句も多いが、一茶が詠んだ「有明や」の句ほど浅間の霧の動態をリアルに表現したものを他に知らない。一茶はこの年も遺産問題の折衝のため江戸柏原間を往復しているが、往きは峠越えのあと浅間三宿を通過して東部町の田中まで行って泊まっており、二ケ月ほどの滞在で帰路につき、八月十四日に軽井沢の林屋三右衛門方に泊まっている。この句はその翌朝の早立ちの膳に向かうときの叙景と考えてもよいだろう。

「有明」と言って時間を表し、「浅間」で背景を、「膳」で場所を示し、「はふ」という一語で情景を躍如とさせている所は、寸分の隙もない叙法である。特に「はふ」の一語は、霧の動態を的確にとらえている。

（丸山一彦『小林一茶』）

浅間などの霧を詠んだ句に以下がある。

　雁鳴や霧の浅間に火を焚けと
　翌も〳〵天気ぞ浅間霧
　　霧下中山八宿
　我宿は朝霧昼霧夜霧哉

　しなのぢの山が荷になる寒さ哉

前書「臼井山」文化九年十一月作。『七番日記』所収。この年の十月、郷里帰住を決意した一茶は、親友の一峨と次の惜別の唱和をした。

　　送帰旧里
　碓氷では時雨よ杖は軽くとも　一峨
　吾妻のそらはみな小春なり　一茶

いよいよ江戸を立ったのは十一月十七日、大吹雪の碓氷峠を越え、二十一日沓掛宿の木屋作左衛門に泊まった。掲出の句はこの時の作。一茶に帰住を決意させたのは、信濃における一茶社中の育成によって俳諧で生活できる見通しがほぼついたこともあった。今度こそ遺産問題の決着をつけるまでは断じて動かないとの覚悟の帰国であった。その一茶の前に碓氷の山は折からの大吹雪で、重たく、寒く、おおいかぶさるように立ちはだかる。「山が荷になる」はその実感。この帰郷で翌文化十年正月弟との和解が成立、一茶もようやく自分の家と田畑を持ち、郷里に定住することが出来た。

　掲出の句は一茶にとって忘れがたい作品であり、自信作だったらしく、晩年の文政八年六月、自選句集『だん袋』の草稿をまとめた際、補充した「暑し九句」のなかに左の改作二句を収録した。

　　碓氷にて
　しなの路の山が荷ニなる暑哉
　　坂本泊
　暑き日や胸につかへる臼井山

　霜がれや鍋の炭かく小傾城

文政四年十二月の作。『風間本八番日記』所収。『梅塵本八番日記』『一茶発句集文政版』は「追分」と前書。一茶は文化十四年七月江戸から帰庵した以後、再び碓氷峠を越えることがなかったから、追分の回想句である。追分は浅間三宿の一つで、中仙道（吉野道）と北国街道（善光寺道）の分岐点の「分去れ」は宿の西端にあったから、不毛の高原の宿場でありながら、軽井沢と並んでよく栄えた宿場で、旅籠屋も三宿の中で最も多かった。『木曽名所図絵』に「沓掛まで一里三町、宿よし、出女あり」とあるように、遊女の多い宿場だったが、公的な遊廓ではなく遊女といっても飯盛女であった。掲出の句は霜がれどきのさびれた宿場で、うら若い宿場女郎が家陰で鍋の墨をかき落としている情景であり、しいたげられている弱者に対する、単なる傍観者ではないおなじ目線からの暖かいまなざしが感じられる。

　なお、同じ回想の句に「中仙道」と前書きする一茶自身を詠んだ「霜がれや」の句や、「追分」を詠んだ句や連句もある。

　　中仙道
　霜がれやおれを見かけて鉦たたく

追分の一里手前の秋の暮
（この句には類句がある）

連句

着ものに鳥の糞も春かな　心匪

小うるさい恋の追分出ぬけたり　一茶

木曽おろし雲吹尽す青空の
はづれにけぶる浅間山哉

文政六年八月の作。『文政句帖』『だん袋』所収。

木曽というのは、一茶時代の信濃を代表する霊山木曽の御岳を言うのであろう。今日でこそ日本アルプスには槍・穂高など御岳よりも高い峰々があり、御岳は北アルプス南端の一峰に過ぎないが、江戸時代の「きそのおんたけ」は頂上に御岳神社を祭る修験道の霊峰として今日の日本アルプスの代名詞と考えられていたのであろう。この御岳から吹きおろすかぜによって雲は吹き尽くされ、無限の青空のかなたに遠く活火山浅間山を浮び上がらせた、この俳諧歌は、信濃の風景を独特の大きなスケールで描写して余すところがない。あたかも北斎が大波の動きにみちた画面の遠くに富士を描いた「神奈川沖波裏」の錦絵を見るようである。子規が「最も壮大雄渾の句あるを善しとす」と言ったのはこのような歌のことを言うのであろう。これが作られた文政六年という年は、一茶六十一歳、歳旦妻子とともに迎えた還暦の春を寿ぎ、「実に〳〵盲亀の浮木に逢えるよろこび」と述懐しだのも束の間、五月には妻菊が急逝、預けておいた幼児の衰弱ぶりに激怒して「金三郎を憐れむ」の一文を書くが、金三郎も十二月に夭折、中風の老人ただひとり取り残されるという正に断腸の年であった。この逆境のさ中にあっても一茶の門人歴訪は続けられ、旺盛な俳諧活動を行っている。一茶はこの行脚の途中、奥信濃の何処かの峠で北アルプスと浅間山を眺望する風景に出会ったのであろうか。この歌は一茶が自選句集『だん袋』の結語の歌として作歌したもので、歌稿には「俳諧寺入道一茶」の署名がある。

（一九九七・一一・二五）

（『軽井沢高原文庫通信』第三十九号・四十号、一九九八年八月・十一月）

「木曽おろし雲吹尽す青空の　はづれにけぶる浅間山哉」

一茶の親友知足坊一瓢遺愛の一茶木像（卓郎模刻）

あとがき

一茶自筆の『だん袋』は、私の妻の実家の吉村酉三家に、久しく門外不出として伝えられてきたもので、酉三は信州長沼（長野市穂保）の一茶門人吉村雲士の孫で、妻の祖父にあたります。

酉三は若いころ所持していたある一茶資料を、どなたかにお貸ししたところ、戻って来なかったことがあったとのことで、以後『だん袋』は門外不出と言うようになったのだそうです。そのためかどうかは別として、昭和の戦争中から今日までに、『だん袋』に対面したのは一茶研究家の前田利治氏ただ一人であり、氏は『だん袋』の所在を尋ねてはるばる来訪されて、『だん袋』は一茶のアンソロジー」という言葉を残されましたが、その後研究半ばで急逝されました。

『だん袋』は、すでに明治時代の束松露香に注目され、その著『俳諧寺一茶』の「一茶年譜」文政元年の条は『だん袋』に筆を初む」と記しております。昭和初年刊行の信濃教育会編『一茶叢書』第九編「小品三十種下」は「珍重すべき遺稿」として『だん袋』の自筆部分を紹介し、また、昭和五十四年刊行の『一茶全集』第一巻（発句篇）は『だん袋』から引用するなどしています。このように『だん袋』は広く知られた一茶資料であるにも拘わらず、これまでまとまった研究がなされた形跡がありません。その最大の原因は、研究者に『だん袋』の原本を見る機会がなかったことにあると思われます。

このたび汲古書院から、『だん袋』の全文を原寸にて影印収録し、原本の持つ情報をあますところなく明らかにした本書が、早稲田大学教授 雲英末雄先生の編集協力のもとに出版されたことは、信濃における一茶の晩年を記念する自選句集の新たな出現とも言うべく、今後の一茶研究にとって重要な資料となるものと期待されます。

私は、ゆくりなく『だん袋』を見る機会に恵まれた者でありますが、前田利治氏が残された「一茶のアンソロジー」という言葉をたよりに『だん袋』に取り組み、暗中模索して、つたない解説「一茶のアンソロジー『だん袋』考」を書きました。それから既に十年になります。その間、何の反響もありませんでしたが、『だん袋』を保管してきた妻は脳梗塞で半身不随の身体になり、療養と介護の生活も六年になりました。

『だん袋』については、妻の姉妹（奥付記載）のだれも実家を継がなかったので、先祖の法事がわりに複製本を作り、原本は何処かふさわしい場所に保管を託したいと話合っていました。複製本の製作がなかなか具体化できないでいたところ、法政大学非常勤講師の林正子さんが友人である汲古書院の編集者小林詔子さんを紹介してくださったので、ようやく軌道に乗ることが出来ました。本書の出版については、小林詔子さんの尽力に待つところが多大です。当初はこのような学術的な本になるとは夢にも思っていませんでした。小林さんの熱意がなかったならば本書は生まれなかったかもしれません。

親身にご協力いただきました雲英末雄先生のご高配に対し、ここに記して深甚なる感謝を申し上げたいと思います。また、出版をお引き受け下さった汲古書院社長石坂叡志氏、出版を勧めてくれていた山村茂雄氏、もとよりこの幸運をもたらしてくれた林正子さんのご好意に対しても厚く御礼申し上げます。

二〇〇六年十一月七日

渡辺　卓郎

初句索引

表記は本文の通り歴史的仮名遣いに従ったが、配列は現代仮名遣いによる発音の五十音順とした。

ゴチックの算用数字は影印の葉数、ゴチックの漢数字は翻刻の頁数、明朝の漢数字はその他の掲載頁数を表す。

初句が同形の場合は、第二句以降の判別可能になるところまで掲げた。

俳諧歌は（歌）とした。『だん袋』巻末の連句（半歌仙）についても初句を挙げて（連）とした。

一茶以外の作者による作品は、（　）内にその旨を注記した。

ア行

カ行

サ行

タ行

ナ行

一茶自筆句集『だん袋』

平成十八年十一月二十八日　発行

所蔵者　渡辺みね子
　　　　渡辺とも子
　　　　小宮山信子
　　　　赤沼紀子
解題　渡辺卓郎
発行者　石坂叡志
撮影　インフォマージュ
製版印刷　モリモト印刷

発行所　汲古書院
〒102-0072 東京都千代田区飯田橋二-五-四
電話　〇三（三二六五）九七六四
FAX　〇三（三二二二）一八四五

ISBN4-7629-3548-4　C3092

KYUKO-SHOIN, Co., Ltd. Tokyo.